詩情與俠骨

三民叢刊99

莊因著

三民書局印行

贈誠兒大學畢業

花月正春風（自序）

莊因

去年一月，九歌出版社為我出了一本散文集《紅塵一夢》。時隔兩載，明年一月，三民書局又要為我出一冊雜文集。搶在年初，不管怎麼說，都令人興奮欣快。我去年步入花甲，這二書可算是為自己賀壽了。花甲前後，又先後蒙豐一吟及劉長民（小民）二位女士不棄收了我這位老弟，結成姐弟情緣。說起來，我這花甲之年真的是花俏極了，風光十分。

我寫文章，一向比較注想情與理的敷設。在文字方面，則求生動活潑明快。這一冊《詩情與俠骨》雖偏屬雜文，仍大致不離此道。目下臺灣寫文章的朋友（尤以年輕作家為然），喜將文章炒得熱鬧，以「新」為旨。我因係中文系畢業，加以年歲稍大，對於那樣的經營方式略感力不從心，但我並非一味厚古……總之，還是請讀者自己去評斷核分吧。

上一本書承王開平老弟自願代為編選，而此書仍由他一手承攬，真謝謝他。

三民書局是臺灣當今出版界的新盟主。小民姐寄贈的書上列有「叢刊書目」，作者芳名

詩情與俠骨

目次

下卷／世事

131

上卷／人情

經驗，它沒有以知識分析判斷做爲接受的基礎，是原始的、粗獷的、純感覺的巨力衝擊。這種感覺，就跟母親用手指執行懲罰在我周身揪擰過後，在肉體和精神雙方面所留下的無可奈何，久久不去的痛楚一樣。這是全然被動的接受，不給我絲毫去躲避和反抗的意念、機會甚至力量。也許躲避就是人類表示怯懼的一種本能吧，儘管有時是不得已的悲哀。父親當時的工作機構，在兵燹炮火的威脅下，接受了政府的安排，被強制躲避到山光水色、日清月明、乾坤朗朗的鄉野去了。那是寧謐得容不下一絲囂鬧，和諧得令戰亂沒有機會肆威而自慚的新天地，是不可思議的世界。你在群聚擾攘的城市中，方爲槍聲刀光血影所惑所驚震；殺伐、仇恨、毀滅的猙獰現象尚歷歷如繪，而竟然在漫天蓋地濡潤的一場春雨中洗滌掉一切，變得清明、酣暢、遺世存在了。這是一種磅礴浩蕩、遙接雲漢的如虹心感，這也是神會八荒最浪漫的詩情，而我就在此時此際，開始接觸到唐詩，璀璨的文化與自然交感，如春雷般在我胸懷中滾盪爆出電光石火。

唐詩給我的初始感覺是非常朦朧的。無論詠物、懷古、閒思、戍征、關情、離愁、閨怨、農事、逸興，所能了解的甚少。可是，通過背誦上了口之後，就在似懂非懂之際，若干詩句內容漸然跟實際生活環境微妙地接合起來，產生了相當驚奇的效用。大抵除了詠物、閒思、閨怨、懷古以外，都能觸動心弦，哪怕是彈指輕撥一聲。尤其是田園逸興方面，更與我的生活經驗互爲印證。如果我是一個生在承平的時代、長於富足的社會、住在城市裏的孩子，唐詩對我的啓蒙可是一種幻覺或想像罷了。可是對眞實的我來說，當我知識更豐、閱歷益廣的時候，這幼年無意中儲存的詩情便早已酵釀成醇醪，注入了血液，使我的感情躍動浪漫起來，也使我的精神領域宏寬逍遙起來。這是一股強烈的濃郁的民族文化意念湧在心頭，而我可以暢飲於歷史長溪，自由馳騁在古今的時空。這樣極度浩瀚的浪漫、無比富饒的情感，絕非一個生活在靜止狹囿的天地中的孩童可以想像、可以感受的。如此長久孕育的詩情，燃燒起我對人文的狂熱熾愛，使我去追求嚮往的自我藝術生活。我絕不膠著於某些世俗的看法，卻永遠不放棄任何可以經營一己純藝術理想生活的努力。我寫文章、寫字、畫畫，全然聽任我的感情如源頭活水的灌溉，創造自己自然、瀟脫、明朗的風格。

《水滸傳》是我少年生活在鄉野時所讀的第一本古典小說。我初讀《水滸傳》就跟遇到一位一見如故的陌生人一樣，投緣得不得了。何以如此，現在思索起來，可能是這部小說在兩方面與我的生活環境及經驗發生了間接的關聯，啓迪了我的潛意識。

這部小說自頭至尾流動著強烈的反抗意識。正因爲人謀不臧乃是造成破壞自然和諧的均衡不可饒恕的顚覆力量，使我相信這種反抗意識乃是把現實推擺回到原始狀態唯一可行的力量。人性的殘暴，戰爭揭露了給我，而戰爭本身乃是最野蠻的肆意破壞自然和諧均衡的人爲大災。它是百分之百強加予人的，它是搗毀人的尊嚴扼殺文明的兇手。而人類唯一可以制止和消滅它的力量就是反抗。這樣的反抗意識，在我日漸成長的過程中，慢慢強固，終於形成了不可屈撓的信念——在社會上除了戰爭以外任何失去公正的現象中，積極地鼓舞我去抗衡、抵禦。我在爲文尋求自我感情抒放的同時，也爲斥責怯懼、呼籲公理、伸張正義、維護道德、諷諫強權、批判濫情、爭取個人尊嚴自由及基本權益這些方面，略盡棉薄。

我愛讀《水滸傳》的另一原因，大約在於其人物個性塑造的明朗慷慨作風與形象。我憎惡與此相反的陰私多疑的負面人性，因爲我認爲這正是消極地促成破壞自然和諧的潛在危機。當外界的客觀因素改變得可以牽動左右的時候，這樣的危機必然擴大膨脹，形成具有侵略性的強勢。而我們的社會所需要的，乃是如《水滸傳》英雄明朗慷慨的作爲，此種正面的捐己行爲，也就是宗教博愛的基本精神，其本身乃是一種高尚的情操，或可稱之爲俠骨。

總而言之，我在幼少時候所讀的兩本書，竟想不到會在下意識裏對我產生如此深遠的影響。我雖然不相信任何宗教，但我相信自己有著一顆明慧的善心去關懷社會、去愛護世人，正跟一位誠篤的具有宗教信仰的人一樣。卽使退一步說，這顆心，經過俠骨詩情的鑄煉，至少可以令我潔身自好，像辛稼軒說的「味無味處求吾樂，材不材間過此生」那樣，過我自認逍遙美好的浪漫生活，表達我眞摯的情感，追求理想和藝術的人生。

——一九八七年十月二十七日《中央日報》「海外」副刊

爸爸的贈言

祝賀你，孩子。

當你今天下午自學校返來，把一張學業優良榮譽金榜獎狀、一張六年級你班上師生合照和一本紀念册分別交到你母親跟我手中時，我方恍然自己的孩子已經小學畢業了。我結婚晚，三十九歲才有你來相伴，而此時你伯伯叔叔的孩子們有的都快大學畢業，最小的也是高中學生了。因此，當我意識到你竟已小學畢業的刹那，我是眞正欣慰地笑了。

我在那張六英寸長八英寸寬的彩色照片上一眼就看到了你。第二排右起第二人，穿著天藍色短袖運動衫，一頭齊整瀏亮的黑髮，和髮下俊秀的臉孔上綻放著的 nice guy 的笑容，不正是百看不厭的你嗎？孩子，你不過是全班二十八名同學中的一個罷了，大家的身材都很相若，都有十分健朗的神形，都散發著純善的未經社會污染的青春，前後四排，我怎麼會第一眼就看到了你呢？是因爲你黑頭髮黃皮膚的東方人特徵使然，還是我主觀地全然漠視了你的同學們的存在？都不是的。你們都是活潑的、可愛的、令人著實興奮快樂的孩子；這只是由於你我之間一層特殊的親子關係所產生的不可言喻的微妙感而已。這種十二年來，四千三百多個日子朝夕培養、持續茁長而益形凝聚的親情，是我和照片上其他二十七位你的小同伴之間所缺少的。

當我打開紀念册後，這一次是我在一百多人中去「尋找」你了。我要找你，然後找到你，然後看你，要親眼清清楚楚看到你，急切地，讓排列在許多優秀少年中的你，展笑向我證實你確已歡愉而勝利地走過了人生成長過程裏這一段黃金的年代。我找到了。我看到了。我滿足地笑了，也高興得眼角潮濕了。

恭賀你，我的孩子。

你們這一九八四年級畢業生共有一百七十人，全勤成績優異「榮譽榜」(Honor Roll)共三十二人，而你是金榜提名者中唯一的中國人。這雙重的榮彩，讓做父親的我也得到了雙倍的欣快。你的英文數學都好，這固然是你今後更上層樓縱的知識伸長的基礎；但你在自然、社會、美勞、體育諸方面濃烈的興趣投入所換取來的優異成績，一定表示你的知識領域橫的擴拓。唯其如此，我覺得你名登榮譽榜更有博大深長的意義。你不是一個死讀書、讀死書的孩子。我曾暗中注意你的讀書習慣：你總是讓興趣牽引著你，也常能把你現階段既已汲取的知識，圓熟而適切成功的用以闡釋一件生活中的現象或問題，居然說來頭頭是道。

今天是你畢業的日子，我唯一略微失望的是沒有一個畢業典禮。當然，我深知這是美國，你們的基礎教育是從一年級開始像爬雲梯一般一直升到十二年級的，到了十二年級畢業才有畢業典禮。也正因爲如此，你受完了六年相當於中國小學的教育後，緊跟著升入七年級，在感覺上並不似跨入「初中」那樣的段落明晰。可是，在我自己的成長過程中，小學、初中、高中，是三個截然的教育階段，我也因此參加過三次畢業典禮，每一次也都有不同的感受。我還記得小學畢業那天的情形，畢業班學生坐在禮堂前面，緊張的、興奮的、也有些不知將會如何的坐著，聆聽師長的訓誨贈言及祝賀。那是中日抗戰結束後第二年在四川重慶。那是國家民族受了大劫難，在淚流血海中掙扎過來，曙光方現，每個人都要以疲憊的身心接受艱巨浩繁重建家邦的使命的時候；那也是許多老師和同學，都將告別山城，回到各人遙遠的故鄉，去擁抱殘敗的失而復得的土地的時候。師長們呼喚我們是「國家未來的主人翁」，我雖然當時並不能實際掌握這句話的語意，可是我感受得到每一個字都黏附了師長們熱切深摯的無限情意。因此，當致辭贈言結束，齊聲高唱驪歌的時候，「長亭外，古道邊，芳草碧連天。晚風拂柳笛聲殘，夕陽山外山。天之涯，地之角……」的歌聲臺上臺下交流時，老師和同學也都淚落悽惘了。

但是，那畢竟是三十多年將近四十年前的記憶了，時、地是在苦難的中國。那樣的不平凡的時代已屬過去，而你今天是在美國，一個安和的、長期富足的國家；一個向素展露新興的氣象、勇往前瞻的國家。這裏的人們沒有我們歷史性積累的憂患與悲愴情懷，故而不必緬戀既往，他們永遠對未來充滿熱切的期待。小學畢業，對美國兒童來說，毋寧是一件「有趣」的事而已。你，我的孩子，你是一個生長在這塊和平樂土上的幸運孩子，也就應該有大家都有的那種健康活潑天眞的基本特性，不必像我在你這樣的年歲時已然負荷了過重過巨的大責重任，不必在作文簿上寫下「矢志殺敵、光復山河」把國家民族興亡放在自己瘦削的兩肩那樣的誓言。孩子，時已移，境已遷，沒有人會告訴你當有那樣的志願了。我也不會期望你有什麼鴻圖抱負，只要你快快樂樂、無憂無慮，不恐不驚、身心健康，做一個太平幸福兒童，就已經於願已足了。因此，你們學校不舉行畢業典禮，不唱驪歌，不必感覺離別的愁戚，不必淚眼相對前途難料，不必徬徨，這才是一個十二歲的正常兒童應該有的正常心態，應該有的樂觀輕鬆的個性。我剛才說因爲你的學校不舉行畢業典禮而讓我略微失望，實在是一種不必要的想法，我不禁覺得有些個羞怯。

不管怎麼說，小學畢業究竟是標誌你在生理及心理上都跨入了人生另一階段的事實。生理上的變化，我擔怕日後會逐漸減少我和你之間往常那種自然的因貼身所感到的親情交流機會了。孩子，你沒有兄弟姊妹，你沒有機會實切的體會什麼是手足之情，所以我總要盡量給你更多彼此親近的時間，我要代表哥哥或是充爲弟弟伴你嬉戲。自小每晚你入睡前我都坐在床沿上爲你唸故事，然後你跟我擁抱，安入睡鄉。你我耳鬢廝磨的日子如此長多，父子兄弟三重關係合而爲一當然更加深我對你親情的濃度。你母親和我都喜歡朋友——尤其是中國朋友，因此我們家的應酬自較一般家庭爲多。我們的朋友很多住在海灣大橋那邊的柏克萊，你大概記不得了罷！自你降世以來，每逢周末我們深夜自柏克萊開車返家，你早在途中熟睡，而一向都是我背馱你進門的。十二年了，一直到今天我還是樂意如此的，而你也一直習慣的讓我享有對你這層「特別照顧」的權利。大概就是兩星期前罷，皓月當空的初夏夜晚，我們倦遊歸來，我仍然背你下車，卻驚異地感覺你的重量幾乎已達到我所可能負荷的極限了。於是我喟嘆著說：「眞重啊！」你顯得有些靦覥，突然用頗成熟的語調說：「我下來自己走罷！」你實際上並沒下來，也不願意下來，而我也無意放你下來。但是，就在那一霎時，我肯定的告訴自己，此後我勢必放棄這種與你接近的機會了。你以前從未說過這樣的話，而現在你說了，這表示你已有成熟的意識了。不但如此，自去年以來，你已逐漸自動脫離我們「三人行」的堅強陣容，已經有選擇的參加我們的成人聚會應酬，有時留在家裏，這也表示你已經有了自己的初步生活安排了。所以，我意會到往常與你貼身接近的感覺終會在某一天突然永利益常超凌正常價值觀的環境，因此你必須懂得如何先培養內心安和的重要性，俾可發揮智慧的眞正實用功能力量，而看得深入長遠，從而決定自己將來正確的奮鬥工作方向。這是一個星際關係因科學而日近，國家與國家間畛域因文明突進而日弛，民族移動融合逐漸加強，整個人類的禍福文明的榮枯繫於一念之間的時代，任何一個個人，似乎已超脫國界與民族的歧離存在，成爲一個「世界人」了。所以，你應該這樣想：我的工作是爲人類幸福貢獻一點微小的力量。要是你具有這樣高貴、宏寬的志向和開放的胸懷，你便必然不會計較片刻間的得失，也當不會只著眼於一己蠅利，於是你的得失之心就會如煙霞消隱無蹤，你就會積極地健步向前，完全了無罣礙地走在自己擇定的大路上。

孩子，我知道這路途相當遙遠而且崎嶇，但是，你不要懼怕，我會伴你同行。也許由於年紀與體力，我會稍稍落後，終而無法伴你走完全程，不過我早已將無比信心附加你身，我要你清楚地明確地感覺到，即使有一天你看不見我，在這漫長的人生道路上，有兩個我的化身兄弟將在你左右，永遠陪伴著你，使你永不感到孤寂。

祝福你，我的孩子。

——一九八四年七月十七日《聯合報》副刊

踮著腳走路

小時候，家庭中的禮教觀念是相當嚴苛的。比方說，一家之主的父親若是高臥在床，或是閉目假寐養閒，爲孩童的，則必須行路躡手躡腳，生怕會驚擾了父親大人的威。高聲喧譁肯定是不可以的。母親若是「眼觀四路，耳聽八方」，都會以手勢或「噓」聲提示兒輩，不得莽撞。所以，踮著腳走路，自小便培養成習慣了。

除了不得驚擾父親大人（對母親大人縱也躡手躡腳，終究不若對父親大人的畏敬，這也許是中國母親天生的有「好生之德」之故吧），踮著腳走路，還用在另一件事情上。那就是，若是心裏有鬼（洋人所說 guilty conscience，意謂「做賊心虛」），則就是俗話說的「腳底板上抹油——溜啦」。比方說，因爲清理桌子，不小心把父親的毛筆摔落地上，筆頭拄地變成刷子狀了；或是驅打一隻蒼蠅而不愼失手將痰盂打破等等。結果都會使自己「提高身價」，踮著腳走了。

後來漸漸長大，趕上「西風東漸」的狂飆時期。「陰溝流水」(English)一下子就把許多許多中國傳統的道德觀念及價值觀沖得七零五散了。自己從中國大陸飄洋過海到了臺灣，居然聽起貝多芬的〈田園交響樂〉那樣的古典音樂來了。京劇、地方小曲、飲食習俗等等，逐漸爲「番物」取代，以爲不改是守舊、是落伍。洋玩意兒漸多，自以爲是的觀念也逐漸形成。但，不管怎麼說，事「有所爲」，亦「有所不爲」。對於公理原則，仍有一種「想當然耳」的態度。對於大人的庭訓，也絕沒有今天爲子女者公然「反抗」或「反唇」的情形。而基本上，大人也都大半安分守己，不會做出讓他們自己也「踮著腳走路」的行爲來。大家不像今日之爭名重利，竟弄得一團糟了。冥冥之中，大家都遵守著中國自古以來爲人處事的一些基本原則。現在則不同了。誰不搞錢，誰不爭名(用什麼法子達到目的似在所不計)，誰就是不識時務，就是不上進。國會議員可以在國會殿堂每日表演「肢體語言」特技，誰還會踮著腳走路？不要說心中怕擾了別人安寧而踮著腳走路，就是明明知道不可爲而仍爲，做差了就做差了，也絕不踮著腳走路！「理直氣壯」、「勇往直前」、「雖千萬人而吾往矣」的大無畏精神乃是他們今日行爲之標示。

我是在臺灣的經濟「起飛」之前，政治氣氛淡化之前就離開了的。再度飄洋過海，飄到當年認爲是新文化樂土的地方。二十餘年來，我慢慢意識到，這個地方的人，其實最不願意接受別人的東西了。他們喜歡要別人接受他們的。他們樂於「給」而吝於「受」。結果呢，在他們本土上日漸受到抵制的菸草竟「強迫」地丟給臺灣了。而臺灣賣給他們的東西，總是千方萬法挑眼找毛病。於是，我就想到，他們不要吃中國人的「臭豆腐」和「豬腳」（他們堅信「漢堡牛肉」是世界美味），他們不要喝茶，他們不要聽中國歌曲，他們不說中文（也不要學，因爲他們認爲世界上的人都應該只說一種語言——英語），他們不相信中國學理，他們也並不喜歡中國人，他們不……，而一個喪失掉自己文化立場的中國人，結果會使他們更不易被接受，更被看不起，也更被討厭。

關於「踮著腳走路」，我又恢復了。但是我現在不是怕驚擾父親大人的淸夢了，父親已於十年前仙逝。而即使在他老人家仙逝之前，我也早已背井離鄉，擾他不著了。我現在也不是因爲「心裏有鬼」而躡手躡腳。我在海外化番，十足地堂堂中國人，沒有什麼讓我覺得「做賊心虛」的。但是，我竟然「踮著腳走路」了。這樣的踮腳走路，是有下面的原因和環境的。

我家附近有一公園，我每天都去那裏散步（病後尤其如此）。途中、路上最常見的小動物有兩種：螞蟻和地藏王（這是我給與的稱呼。這種小爬蟲呈橢圓狀，大約一粒紅豆大小，多足、灰色、爬行紆緩。遇危急時即收縮成球狀，頗似一粒鋼珠。但是其身軀極爲軟弱，腳踩到時必然成為一堆枯骨，血肉模糊），牠們四向爬行覓食，稍一不愼便會誤踩牠們。於是，我在這段路面幾乎是踮著腳走的。因為如此，行走時也總是低頭下望，完全沒有幼時老師所教導的「擡頭挺胸」做「主人翁」的行步姿勢了。

幼時，環境不好，平路很少，坑坑窪窪。因為慣了，也不必特別注意。那時坐汽車都如此，沒有什麼柏油路面，鋪平了就不錯。地上的動物，軋了白軋，沒人管。不但軋了白軋，還要動手去抓去捕，然後用殘酷的手法把小動物活活處死。比方說，到田裏抓捕蚱蜢，穿在草棍上，帶回家餵雞吃；抓蜻蜓、蝴蝶夾在書裏當標本書籤；抓金龜子、蟋蟀放在瓶罐中，等其自然死亡後便隨意「棄屍」了事等等。現在「踮著腳走路」，這是環境造成的現象，與公民道德教育文化完全沒有關係。我跟學生說過，他們都覺得很新鮮。美國人現在高唱「素食主義」，盡量避免油膩葷腥，大概以前標榜大塊吃牛肉過頭了。他們的某些「素食家」，以為不食葷菜便是表示有「太上之德」，是支持不殺生的「人道精神」的舉措。我不太相信這樣的說詞，因為吃青菜蘿蔔，也一樣是殺生，吃水果亦然。若說吃素可以長生云云，則可以聽聽，誰讓我們是「萬物之靈」的人呢！

踮著腳走路，踮罷。這雖不一定保準「自高身價」，至少可以視為做柔軟體操的健身術。所以，僅此而言，仍是好的。

——一九九二年七月十五日《聯合報》副刊

原」還（南）京，而離開了四川。到了南京，從市立一中考到市立六中（六中為我到南京那年，政府因考慮復原復校子弟太多而增設，校址在清涼山），全部落榜。而大哥及三弟則都上了人人豔羡的市立一中。我呢，考上了離市一中不遠的又小又破的私立學校——治城中學。當時南京人有名的順口溜說「要丟人，進治城」（用南京話發音，「人」與「城」押韻），我就在那兒丟了一年人。治城中學雖不是名校，但老師相當的好。國文老師李小賢先生就是我此生認識並受教良深的師輩。是他啓迪了我今生學文的方向，是他啓迪了我對文學（尤其中國文學）的濃厚興趣，是他鼓勵支持我寫作，打下我從未想到的以文學寫作為樂為志的基礎。「丟人」一年後，我鼓勇投考插班，結果又從市一中滑過市六中，名落孫山。但是，我考上了當時就在市一中緊旁有名的私立「鍾英中學」。那時南京人還有一句順口溜說：「要當兵，進鍾英。」（「兵」「英」二字南京話也押韻）我彷彿進了軍校，不能隨便。但最重要的，是同大哥三弟每日一道上學，頗有魯迅先生《阿Q正傳》中說的「精神勝利」的感覺了。

民國三十七年寒假，國共內戰酣茶，父親奉令再度押運故宮文物疏散臺灣。那時我們吵著回四川，可以二度享受田園的清樂。尤其是我，認為可以重享不須逼催的讀書方式。結果，事與願違，就在那年冬尾，我們登船赴臺。

在臺中，根據教育廳的命令，人在中部凡是由內地來臺的適齡學生，一律送到省立臺中第二中學插班。二中的校風當時沒有省一中好，在一般人的口碑心目中，自然也不及一中。那時，我卻感覺非常舒坦，因爲不必再像在南京時——名落孫山的灰頭土臉了。而且，大哥與三弟也都跟我一樣，沒有了上名校的優越感，我可以自由呼吸了。

我從臺中二中的初中二年級一直上到民國四十二年高中畢業。我認爲在二中的那幾年，最大的感受就是結識了全國各地的人，使我第一次眞正體會到中國地大的意義，而且毫無地域觀念地結交了五湖四海的朋友。除此之外，更重要的是那時學校在高三時期文理分組，我可以順利而高傲的進入文組，不必再爲數理不及他人而自慚。我充分地利用時間及興趣，在文史方面補充自己，想到未來成爲一名文學藝術家的美夢。

可是，就在高中畢業那年，我決定了投考臺大法律系。當時何以作成此項決定，如今想來，恐怕一則是因爲受到兒時家國喪亂，人心不古的刺激；二則是覺得文、史報國太屬空泛，且在親朋眼中是「不成材」的代名，對於向來讀書後人的我來說，是頗大的心理包袱；三則是生性喜歡頂嘴擡槓，覺得將來以一當十當百當千當萬，對簿公堂，豈非大快大得意的事！投考臺大，我在數學上放棄了大代數、平面幾何及三角三科中的一科，數學老學魏甲賢先生說可以，但鼓勵叮嚀我千萬別拿鴨蛋，我能否考上臺大就看數學是否吃了零分。皇天不負苦心人，我那年入學考試數學對了兩題，拿到二十二分，結果躊躇滿志地考入了法律系。考入臺大，大概是我此生讀書一大可以大書特書的稀事。但是，進了臺大三年，便因爲一門必修科不及格重讀又不及格而遭退學。知道退學以後，立刻參加大專聯考，結果考進了淡江英專。在英專一年，矢志重返臺大，次年投考插班入臺大中文系。

在文學院的六年（三年本科，三年研究所），是我覺得快慰輕鬆的幾年。除了上課之外，我涉獵了大量的詩詞歌賦文章，而且專心從事寫作。我讀中文而不泥古，結識了一批在情性知識上特立獨行的朋友。我不考慮別人對我所學的看法，我只管自以「文學人」自居，我要用文學給自己生命、興趣；也同時用文學培養自己的氣質，如何在亂世中自處。當然，在我研究所畢業出國以後，我更把文心傳授給海外的生徒，讓他們接觸中國文學，讓他們體認中國文字對宇宙人生的美妙貢獻與詮釋。

中國文學絕對不是國故。我入了中文系，彷彿靠祖蔭吃老本的富家子弟。但吃老本最後一定「坐吃山空」，那就糟了。不泥古就是不會吃老本而吃到山空。活學活用，錢滾錢，本錢越來越多，誰說讀中文系是沒出息的呢？我父親是北大畢業生，他在我們兄弟幼小時，常告訴我們一句當時北大流行的話，就是「北大雖好，好的未必是閣下」。這句話對我起了相當大的作用。一個人讀書向上，是爲了充實自己，自己實在了以後，無往而不利，這跟當初念什麼學校有什麼關係？最近仙逝的國學大師錢賓四先生，一生未進過大學。可是，先生的志行學養，比出身名大學的許多人要高明太多了。

——一九九〇年十二月五日《中華日報》副刊

春天還會遠嗎？

美麗：

今天是妳走後的第三個星期的最後一天。家中一切都好，連那些平日經妳照拂的花草都精神抖擻，我不須澆水，想來他們也可以生挺到妳月底回來的時刻。不知爲什麼，這屋裏的一切，似乎都有妳的影子纏繞著，有著鮮花一樣的美麗。

兒子走了也四天，他是跟建安一起走的。那天我送他們到機場，但是是兒子開的車。他的駕駛技術嫺熟得一如有二十年以上駕駛經驗的人，讓我坐在後座有一種意想不到的溫柔快慰。他大膽、前瞻，但精細縝密。更重要的，是他自信十足。輕車簡從，那眞是他——莊誠走在人生道路上的活生生寫照。美麗，謝謝妳給了我們這麼好的一個孩子。

那天，他的堂哥到我們家來，誠兒幫我招呼，我從旁觀看他雍容自信的顏表，而當他向我們表示加大聖地牙哥分校已經給了他入學許可的時候，那種自得的輕快與矜持，是掌握得恰如其分的。他的大堂兄，是普大電機系的高材生，西北大學商學院的工商管理碩士，但是我們的兒子在他面前一點不安的顧慮都沒有，他十足地表現出，他，就是一個美國華裔最好的代表，按照他自己對於兩種不同的文化背景的認識與經營，去建造他自己認爲滿意的生活。他沒有我們父兄成年後來到異地而產生的一種對己對家對國（中國及美國）的錯綜感受，他沒有陌生被壓迫的意識，他沒有不知自己屬於哪個文化哪個社會的徬徨，他不患得患失。美麗，我終於看見我們的兒子那麼誠信而不自驕蹇的神態。他是屬於這個大時代的好青年。我小的時候，父親常告訴我們一句當年北大流行的話：「北大雖好，好的卻未必是閣下。」眞的，我眞有這種感覺，目前身在哈佛、耶魯、普林斯敦……等名校的中國籍青年，不是說個個將來都是國家社會中堅、耀祖榮宗的人物。

我們離開中國，來到這兒度過我們此生中最長最久的一段歲月，這是我們自己的選擇，也可以說是我們自己的決定。在做成此項決定的背後，並沒有對錯與好壞的評斷。我認爲，一個常人，肯定而且客觀地選擇自己的正確途徑，如何去走向遠方，這是一己的事情。他(或她)不必爲別人對己的態度而有所疑義，這就是大時代中一己所應有的認識與樂觀向上的志節。

比起在大陸上的人，我們實在是何其幸運福樂的。謝謝妳爲我寄來的一卷錄音帶，我一遍又一遍地聆聽那首叫做〈我的未來不是夢〉的歌曲時，我何其衝動也何其感動地對自己說：「在臺灣的中國人，你們的未來不是夢。你們可以創造自己理想擁有的生活，你們可以得到自己的理想。」「我的未來不是夢」，在我讀中學時的臺灣，那不過是作文班上可以充分發揮的一個題目而已。我們的未來是什麼？那時候——三十年前——是沒有人可以答覆的。然則，三十年後，一個叫做張雨生的大學青年，已經高聲唱出了這一代人的心聲。這首歌用打擊樂器及電吉他而發揮出它的時代的光輝，它不似三十年前的流行曲用單調孱弱的提琴及幽怨傷悼的旋律來表露內心的悽楚了。整個的音樂是圓融的、有朝氣有希望的，而不是三十年前的流行歌曲那般悽迷遙遠縹緲的。尤其當唱道「因爲我不在乎別人怎麼說，我從來沒有忘記我對自己的承諾，對愛的執著。我知道我的未來不是夢，我認眞的過每一分鐘。我的未來不是夢，我的心跟著希望在動。我的未來不是夢，我的心跟著希望在動，跟著希望在動。」打擊樂器肯定悠揚的節拍沈重的沓下，歌聲一遍遍、一字字敲打進聽者心肺的時刻，「我不在乎別人怎麼說」那無盡的肯緊希望都在躍動，猛烈激昂地躍動者。我看到了中國的曙光，這一代及下一代的殷紅的希望。張雨生唱著，替億萬富有節制、滿懷憧憬希望、默默努力的人唱著，唱出大家的心聲。

我聽著，閉著眼聽著，尤其是這次大病後，妳跟兒子都不在身旁，我一人「愼獨」時聽著，我的眼淚簌簌撲落。我想起三十年前後的自己，想起妳，想起兒子，想起中國，想起中國人（古代的與現代的），想起中國文化，我不知道自己的眼淚是爲何落下，但有一點可以說是肯定明確的，我的眼淚大半是由於喜悅而流下。我看到海島上的中國人，他們正掌握住了時代轉動的巨輪，去追求他們的希望與理想，而這希望與理想是垂手可得的，已經不再像三十年前我們只能在作文簿上去書寫了。這一代的青年，他們已經高唱著希望，去迎接未來，去歡迎更多人參與他們的行列。

但是，但是，美麗，爲什麼我聽著聽著的時候，樂聲忽然變了，變成了那個大陸上由蒼涼戛燥的男中音，依著迪斯可的打擊樂器的音調，唱出的那首〈我熟悉的故鄉〉來了：

我的故鄉並不美，低矮的草房，苦澀的井水。
一條時常乾涸的小河，依戀在小村周圍。
一片貧瘠的土地上，收穫著微薄的希望。
住了一年又一年，生活了一輩又一輩。
啊哦！啊哦！
故鄉！故鄉！
親不夠的故鄉土！

戀不夠的家鄉水。

我要用真情和汗水。

把你變成地也肥呀！水也美呀！

地肥水美！

忙不完的黃土地，喝不完的苦井水。

男人為你累彎了腰，女人為你鎖愁眉。

離不了的矮草房，養活了人的苦井水。

住了一年又一年，生活了一輩又一輩。

同是中國的現代青年啊！爲什麼歌聲是如此不同？一個唱出了無窮希望，對著朝陽流水；而一個對著乾涸的黃土地，唱出代代的默禱，唱出了世代的希望，唱出了世代屈服於環境之下的悲情？爲什麼「住了一年又一年，生活了一輩又一輩」是在那樣的環境裏？爲什麼高唱著〈我的未來不是夢〉的熱血青年不是海峽那邊的他們？他們的未來是不是夢呢？我不知道。美麗，我只想起我幼年時唱過的一支抗戰歌曲，它的歌詞是這樣的：

在數不盡的青山的那邊，
在飄不斷的白雲的那邊。
那邊，
敵人種下了滿地的瘋狂，
敵人給了我們無數的波瀾。
田園荒蕪了，房屋焚燒了，
我那白髮的爹娘，
幾次踏進我的夢裏邊！
含著淚兒撫問：
「流浪的孩兒，你可平安？」
天知道，天知道，
老人家的存亡。
冬天如果來了，春天還會遠嗎？
那一天，野花開遍了家園，
孩兒，回來了！回來了！

在數不盡的青山的那邊，

在飄不斷的白雲的那邊。

是的，多天如果來了，春天還會遠嗎？一九八九年已經過去，東歐的共產國家人民，對於那個制度的巨力反抗的集滙，他們推倒了柏林圍牆，逼走了頭頭，春天不是已經來了嗎？誰也卜不著、想不到，但春天終究來了，那麼自然和煦地來了。

美麗，我等著妳回來。

——一九九〇年一月二十六日《聯合報》副刊

源頭活水

酒甕居中一對雞，公飲長河母飲溪；
活水源頭流不盡，風流文采露凝璣。

——潘琦君

1

我的另一半是在我三十七歲那一年僥倖得到的。所謂僥倖，實非誇張。她當時是撥雲見日，推開了緊緊圍繞在其四周的衆多年輕有爲之男士，獨鍾我這大她一輪生肖的「長者」的。三十七歲，以現代人的婚齡而言，大約不是「大有爲」了數度，就是龍騰虎躍，至少踏過兩次紅地氈後，龍入深淵虎落平原的淡季了。可是，對我來說，那是一個甜蜜又令人振奮的歲數。

天下事，有許多是「踏破鐵鞋無覓處，得來全不費功夫」的。對我，討得「渾家」便是如此。在此之前，我也曾在轟轟烈烈的大愛熾情中折騰過。而一旦考慮成家，說也奇怪，彷彿奔騰咆哮的黃河之水流經河套，平原千里，那未來的另一半竟似洛神冉冉天降波間，用那風舉飄飄的彩帶一下子就將我套住了。我說「套住」，絕非戲言。從情鍾到情定到情施到訂婚到成婚，半年有餘，就結束了光棍生涯，引頸就戮了。引頸就戮也罷，妙手智擒也罷，夙緣前訂也罷，總之，是被套住，眞應了老友海濤賀贈的「因陰陽之大順，美琴瑟以諧和」的聯語，成就了一份良緣。

走筆至此，我家娘子端的是何方神聖？渾家籍貫南京，生於北京，長於臺灣，可稱江南佳色江北麗人，喚做夏祖美，小字美麗的便是。與我成婚之時，年華二十有五，算得上話本小說中「如花也似小娘子」。

當年友人陳生有擇偶七言「絕」句，曰：聰明、能幹、漂亮、乖。此七字對已婚婦人而言，也頗實用。所謂「聰明」，是指淸楚自己在家中應有之地位及職權。比方說，一日三餐（其實此處專指晚餐而說），菜式菜色的調配安排全有腹案，不必擺出一副民主面孔，看似徵求家人意見而實係對此一無主見；再如，知道在一定的家庭經濟條件下，成功而適度的打扮自己；對先生的公私生活中，自己應該主動參與協力的方面，及比例有通盤認識等等。「能幹」也者，無須做出女強人姿態，但了解如何發揮一己長才到極至，而策劃出對整個家在經濟、社交、藝術各方面的美化方案，並把它推展到內外口碑交譽的程度。簡而言之，房子不在大小，把一個家保持到雅、潔、爽的情況，就及格了。說到「漂亮」，所指自非有傾城之貌的國色天香，只要五官端正的平凡姿色，深知培養內涵的重要，不盲從時尚，不輕易暴露自己體型上的缺欠，進退中度，時時保有大方高尚氣質，為自己爭取到最大的女人味的具體表現，就是漂亮。至於「乖」，是說不處處、事事跟自己的先生較量，一味固執己見，甚至到瞎胡鬧使性子的程度。當然，是否願意做一隻小綿羊，那就悉聽尊便了。

余也何幸，剛要打起燈籠來找那另一半，「驀然回首，那人正在燈火闌珊處。」她就唱出了那七言「絕」句，向我凝眸，蓮步輕移而來。

2

對於渾家（今稱主婦）的讚言，古往今來名目多矣。大約可以歸納入德、容、才、能四個範疇。

先說婦德。德指修養，在一切現代化的今天，當然不是舊禮教的三從四德。可是，時下許多年輕主婦言行的沒大沒小，也並不包括在內。至於那些有「出牆」傾向甚至慣性，動輒塑造所謂「新女性」形象的，就更不在話下了。簡言之，有婦德，意謂不能就予人一個「結了婚的女人」印象，而必須要符合妻與母的名分，而在言行上證明具有這種條件。此外，「德」也指四時之氣。我家娘子其氣之旺，亦屬罕見。旺氣興家，此之謂歟？

次言婦容。我在前面已經說了，只要五官端正，氣質嫻雅，舉止大方，沒有經過科學加工的眞面目，都可稱容顏姣好。

再言婦才。這是我杜撰的。此處指應具有相當程度的藝術才情。對藝術創作（音樂、美術、文學）及色調、形象、布置等方面有基本程度的敏感和欣賞力。

最後說到婦能。前面雖也提及，這裏再作若干補充：一個當之無愧的主婦必有相當的廚藝。我對「廚藝」二字的解釋是，第一，廚房中一定要保持整潔，不能予人七級地震發生過的印象。其次，要有一定數目對於「食」的藝術具敏感度的腦細胞。簡言之，就是必須會做起碼的家常菜，不能總依賴烤箱和微波爐。

上面說的是現代主婦應有的四要。一言以蔽之，我家娘子都具備了。尤在婦能方面，本領之高強，親友肅然起敬。這樣一位別人「眾裏尋他千百度」的俏佳人，怎麼我竟得來全不費功夫？細思量，也只好聊以善因善果自解了。

且慢，常言有云：「口碑載道」，理應出於別人之口才是。我家有一本「嘉賓留言簿」，大凡過訪酒蟹居的客人，都會欣然寫下一言半語。溢美之辭固所不免，其眞誠處乃不容置疑。爰就內中信手抄錄數則，列之於後，以見一斑：「窗明几淨，賓至如歸。」「一入酒蟹居，便覺塵囂之氣盡消。」「如像從沙漠來到綠洲。」「清淨晴朗善因之所。」「美酒美食美麗之家，快人快語快活之窩（按酒蟹居男女主人皆肖雞，遂自題「雞窩」懸之於壁自嘲寒舍）。」「雞窩孵春暖，酒蟹播遠香；醉倒三千客，羨煞雙鴛鴦。」「桃源何處有？只在酒蟹居。」有安樂窩如此，老夫得以與達人君子談空說有，飲酒啖蟹，而閒時因無後顧之憂，得以習書作畫，爲文自遣，這一切一切，都我家娘子所賜。我的另一半，眞是「源頭活水」，不，是「黃河之水天上來」！

兩年前，娘子四十初度，老漢獻打油詩一首爲賀。雖村言俚句，倒是由衷之言。附錄於此爲本文作結，亦兼向我的另一半致敬，用示飲水思源之意。詩曰：

女人四十一枝花，
細思此言信不差。

洵美綽約臨風立，
濃妝淡抹四時佳。
我家娘子俏美麗，
有口皆碑眾人誇。
明窗淨几無纖塵，
相夫教子全仗她。
窩居狹陋客常滿，
有酒有蟹有魚蝦。
雞婆過壽咕咕喚，
雞公昂首翹尾巴。

——一九八七年九月二十二日《中華日報》副刊

此身雖在堪驚

三月間，妻歸寧返臺北，得以承歡雙親膝下。而我跟相依爲命的兒子，竟未因而得到丁點「男人當家」的逍遙。先因我頭痛昏睡而廢寢忘食，終至被小姨和她的另一半建安老弟強押去醫院檢查，方知是患了「假定肺結核菌感染腦膜炎症」（Assumed Tuberculosis Meningitis）。腦膜炎爲旣定，只嘆命舛，罷了；何又成「假定」？此事說來有趣，寧冒不韙，略爲贅述：

三月十二日，我家女主人去後已幾日不確知，但覺頭痛昏睡，初以爲感染性時令症，乃呑服大量阿斯匹靈，臥床三日未見起色。建安老弟於是銜命將我押解上車逕奔保險醫院。俗語有謂「吉人天相」者，此次證之不虛。蓋因醫院鄺大夫見我面容枯槁而詢之於建安老弟，渠乃以實告，鄺大夫於是肅容告渠曰：「速往X光科作頭部詳細照視檢查。」一照之下，當即斷爲腦中積水（因先天性導管發炎淤塞失效），故而令我頭痛昏昏然也。症況旣明，遂令入院飭查。建安老弟一方面馳電臺北，敦促莊家女主人迅卽返來，一方面爲我洽定住院事宜。二日後妻返，我已廢然不省人事。遵醫囑，在腦殼頂右後方，迅卽鑿洞安裝人工導管一具，宣排積水，此事於妻同意下立卽進行，而余已昏睡，全然不曉。至於落髮、剃毛等，妻說皆快速行動，手術約一小時成功。

腦部裝置人工導管旣竣，一切作用正常。照此情況，本可定期出院。話說我的保險醫院主治醫師據經驗及技術斷定我的病例爲癌患，應卽進行一系列抽樣驗查，但驗查結果，不幸都屬「負面」，醫生不能相信，卻亦不知我所患者究係何病。

此時在下之病因無卽時藥石救治而告急，再度昏睡，人事不知。而據妻及建安老弟補述，我的主治醫師因院方未有病例而告束手，宣布放棄，將我送入加護病房，並召見拙荊，告以我最長活命期爲六個月，但於此時期中隨時可能歸天，預料後事，並不爲早。妻呑淚泣血，歸家後不知將何以告幼子。親友知曉者皆唏噓，淚眼相對之外，不能置言。

我們有一位不算熟悉的朋友趙女士，住在柏城。渠因宴請好友凱茜小姐（臺大醫科畢業。來美習醫，曾任美東某醫院醫師，爲腦膜炎病理專家），歡會中談及我的病例，凱茜小姐據趙女士口述，臆斷我的病當屬肺結核菌感染腦膜炎症。她隨卽與妻取得聯繫，願過訪病人並與拙荊略作談話。經其診斷，斷言我所患者卽爲肺結核菌感染腦膜炎症無疑，蓋其在東部醫院時曾有多次經驗也。

至此，我的主治醫師在徵得史丹佛醫院醫師之二手判定後，把我的病例視爲當作「活馬」醫治之「死馬」，據凱茜小姐診斷用藥搶救。藥到病除，莊某起死回生，洋大夫不能信，卻不得不承認趙女士至友凱茜小姐之聖明，遂以「假定性肺結核菌感染腦膜炎症」爲名定我之病例。凱茜女士乃笑謂余曰：「假定就假定好了。吾東方人士自幼受肺結核菌侵擾者多矣。後拜卡介苗之賜，得以測知。然幼時肺部既受感染者，其菌停藏體內，並未因來美而全部肅清。老美認爲肺結核症既得到全面安控，而對外情極爲陌生，加以國內癌患多有，故壓根兒未考慮爲肺結核患者，而誤爲癌患者（且自以爲是）治療之，其不果非無因也。」

我自加護病房復甦復健，重返一般病房後，上下交「異」，對此自死亡邊緣生還者嘖嘖稱奇，目爲異數。而我這異數也因之消遣盡院中上下大夫護士。話說我於斯時發生嘔瀝現象，經斷定係因呑服過量阿斯匹靈，致有胃部出血現象，於是自食管插入導管，吸出淤血一滿杯。此時我必須承認，自此在醫院療治時日中，我的精神記憶，並未能確切地對我周遭出現並發生的一切人、物、事記住，而僅僅間歇的對某些人、物、事，留下較爲清晰的印象，如此而已。

入院後，得臺、港、大陸、美、韓、日、澳各地親友前後來電來信慰問，因人數眾多，芳名不及一一列出。惟其中兩起集體來探者，皆佛學大師及出世弟子各約十餘人次，願為補述。兩起一為北加州萬佛聖城住持宣化上人及法師、居士、弟子；一為柏城雲林禪寺黑教密宗大師住持林雲教授及弟子等。宣化上人弟子恆道法師曩在史大攻研中國美術史高級課程，才貌出眾，後削髮皈依佛祖，兩年前與之有緣再識於校園。去夏曾因其盛邀至萬佛城參逢浴佛大典，並作客一日夜，因其引薦得識上人。而我與林雲教授相識逾十餘載，渠於七〇年代自港初度北美時，即在柏城清茂大師兄府上識荊。此次二位大師俱言我與佛祖有緣，病情有驚無險。恆道法師及陳女士宣誦大悲咒，林雲法師並為我灌氣，期能早日康復。二位大師盛情心銘，只惜我塵緣凡夢，性雖近佛而終未皈依。

話說四月二十三日午後小寐醒來，見酒蟹居常客薛西利亞女士在榻側展笑疾筆揮書大字示之於余曰：「眞高興看到你進步得這麼快。好好休養，早日康復。朋友們都要我致候。We All Love You!」人生至此，雖未死而無憾矣。在下之病，來得突異，初聞者驚戚而不得其解，扼腕捶嘆者有之；既知而莞爾奔走相告者有之，悉認「大難不死，必有後福」。後福係何所指，我不知之，果有的話，但請悉歸莊家女主人。

五月八日我離病院，老友協和兄驅車來院相迎。返「酒蟹居」登堂入室，見前後院花木扶疏，居室窗明几淨，不染纖塵。莊家娘子以余病危，既不便又不願以實情相告，佯作支吾淡化危困，白晝與小姨同來病院探視進餐，入夜則空房飲泣，更深不寐。娘子「仁」心蕙質，余知之矣。

養病期間，正值大陸北京天安門事件發生。我自六四民運變質前之天安門學生五四運動七十周年集會開始，每日觀看電視。舉凡學生示威改革、絕食，與政府首長懇求……一直到李鵬亂下戒嚴令，中央藝術學院學生豎立自由女神像，大批軍警車輛增調，學生誓死決守，裝甲車之突向手無寸鐵人民血腥鎮壓……我都在銀幕上一一親見。其間又收到《聯合報》寄贈之天安門民運歌曲卡帶及《中國時報》「人間」副刊寄贈之《北京學運五十日》一書，當我對歌曲耳熟能詳琅琅上口，對報告文學字字血淚讀畢掩卷，彷彿親見楊渡君所寫記錄徐宗懋先生因採訪而遭擊傷「在歷史的慘劇中一起流血」，只覺病體內熱，悲憤無已。

我幼逢戰亂，但舉國槍口對外，攻打強敵，而未見以刀槍屠殺人民的事。寄身海外，一下子憶起了宋代大詞人辛稼軒的半闋〈清平樂〉來：「平生塞北江南，歸來華髮蒼顏；布被秋霄夢覺，眼前萬里江山。」我於是驚覺自己離開中國既久，年逾半百，總有「直須看盡洛城花，始共春風容易別」的喟嘆了。

——一九八九年十月十二日《中華日報》副刊

焚車記

塞上叟失馬。人皆弔之。叟曰：「此何詎不為福？」數月，馬將胡駿馬而至。人皆賀之。曰：「此何詎不為禍？」其子好騎，墮而折髀。人皆弔之。父曰：「此何詎不為福？」一年，胡夷大入。丁壯戰死者十九。子獨以跛故，父子相保。

——《淮南子》

今年四月，歲次庚申暮春，普林斯頓大學東亞學系教授陳大端學長，來函相邀於暑間前往新英格蘭浮蒞州（Vermont）之明德學院（Middlebury College）設帳，講授中國文化[1]。乍蒙約聘，受寵若驚。先則以喜，繼則以憂，誠恐學疏而力不勝任。雖然，對新英格蘭之人文風物，嚮往已久，既有良機如此，焉可錯失？遂欣然首肯。六月上旬，史大課務方告了結，便辭別嬌妻幼子，束裝東行。

重訪普城

我對普林斯頓大學的印象，始於一九五二年。當時我還是個就讀省立臺中二中的高中生。那年十一月，胡適之先生自美國回到臺灣，住了兩個多月。在臺期間，除在臺大作定期學術講演外，也數度離臺北往北部中部其他城市參觀訪問並作公開演說。是年年底，胡先生訪臺中，在臺中市水源地新球場對大中學校青年講演❷，我們高二乙班學生，很榮幸地被選派爲校方代表參加集會。說來慚愧，一直到那時才知道胡先生交下駐美大使任務後，留在普林斯頓大學葛斯德東方文庫從事藏書的整理與研究工作。

稍後，在胡適先生任發行人的《自由中國》雜誌上，讀到於梨華女士所發表的以普大爲背景的連載小說〈也是秋天〉，對於普城印象，就又深了一層。到了一九六二及六三年，大哥莊申及老友臺大中文系學長鄭清茂先後去普大讀書，看到了照片上的普大校景，那印象就更其明晰而有了輪廓。一九六八年，全美亞洲研究學會年會在費城舉行，我自西岸赴會。會後，應在普大東方系執教的老友唐海濤師兄邀往小聚，匆匆一日，夜宿普城，終算了卻一瞻這所名學府的心願。

事隔十二寒暑，此度東去，六月十日再訪普城，在唐府歇腳。承海濤乃瑛兄嫂盛情招待，故人重逢，把酒歡敍。上次見面，我猶未婚，海濤也來美不久，昔日鷹揚神采，仍在眉梢吻間。這次又見，皆入中年，且都兩鬢飛霜，雖逸興尙存，豪情已減。談及當年臺大舊往，文學院前春朝花事，年年燕子去來，暮暮老鐘惕厲，或斂心勤治、激辯發微，或縱酒歡歌、低昂舒豪，或聚友秉燭、橋戲達旦。而今業師多相繼謝世，同窗也星散各地，終不免「驚呼熱中腸」了。

天涯懷故，關情最苦，唏噓惆悵之餘，漫成小詞一闋，調寄〈蝶戀花〉，詞曰：

記得春鵑花爛漫。新燕來時，醉舞樓前院。年少鷹揚習鑄劍，人間不識滄桑變。　荏苒星移節序換。老去江湖，鬢邊秋霜見。惆悵花前天向晚，普城西望長安遠。

海濤即席奉和，詞曰：

曾是當年春爛漫。一片丹心，照向誰家院。意氣恆存書與劍。關情最苦山河變。　歲月偷移風物換。萬種閒愁，夢裏依稀見。暮色蒼茫天欲晚，凝眸東望魂飛遠。

海濤寄籍普城凡十有五載。他宅心忠厚、爲人坦誠、才氣秀逸，加以博聞強記，眞不愧是當年師大國文系的才子。最難能可貴的，也是我最欣賞的方面，是他韜斂不露、索居適安的個性，極得莊子達生之道[3]。這就與時下學界許多恃才自驕，爭求聞望的人，大異其趣了。

上次訪普，因抵步已晚，而翌日午間又須趕赴紐約，也只能在普大校園名副其實的走馬看花，但由海濤一旁介紹館舍建築。雖是匆匆一瞥離去，然普大校園的古穆雅靜，素容樸拙，老樹布蔭，石板甬道，和舊磚上蒼蒼點點的常春藤，拼綴出了傳統氣質，令我心蕩神馳，印象深刻。此番有幸，不但在靜肅的氣氛中酣承了如醇醪般的孟夏煦陽，也親覽了葛斯德東方文庫和精藏了中國古銅器及名家書畫的博物館。東方學系設在舊樓「瓊斯館」，愛因斯坦當年的研究室就在裏面，現在的室主是臺大學長高友工教授。詩人楊牧年前客座普大講席，也是用這間研究室。看了他今春在〈聯副〉刊出的〈普林斯頓的春天〉一文，很想瞻仰一番，只惜主人假期他適，未能如願。

青山行

浮漭州居民以當地青山含媚、綠野宜人自美，號稱「青山州」（Green Mountain state）。浮漭州西疆與紐約州毗連，中有「香波瀾」湖（Lake Champlain），北源加拿大，迤邐南延，狀如神斧開山，將兩州劈破左右。明德城去湖濱十八哩，明德學院因設於該地而得名。環青山而面秀水，疇野遼闊，綠意盈目，再加上垂楊處處，一派江南景色。

六月十二日，天氣朗佳，好風和暢。午間，乃瑛以自製鍋貼、牛肉湯並啤酒相餞。大啖飽飲之後，又奉龍井一盞以爲消食。三時三十分，將箱篋裝車。四時正，裝車既畢，告別登途。

自普城一路北去，全程三百餘哩，預計當夜十一時可抵明德。言明海濤與我交替駕駛。自新澤西州入紐約州一段，公路盤錯，須轉換再三，海濤老馬識途，故前半程由他主駛。

五時初過，進入紐約州。旋開上八十七號快速公路，路面忽顯坦蕩寬廣，陽關大道，一瀉百餘哩直通浮漭。二人道著些儒林軼聞，笑語不絕。但見遠山似龍臥，行雲舞霓裳。想起稼軒詞「我見青山多嫵媚，料青山見我應如是。情與貌，略相似」句，頗開心放。忽然又想到蘇子瞻「多情應笑我早生華髮」一句，遂不禁搔首凝重了。

焚　車

話說七時五分，汽車正以每小時七十哩速度向北急馳，在接近三十哩外紐約首府「我幫你」（Albany）處，車尾引擎（德製「平民車」引擎一向在後部）突然發出巨吼，彷彿一串歲除爆竹，前瞻後顧，震得你怵忐茫然。此時車身搖顫，速度銳減。二人面面相覷，情知不妙，正擬滑停道旁檢視，但見一輛汽車趕上我們，車內人張口大呼，且頻頻以手勢指向我們，同時狂鳴喇叭，雖未能聽清楚對方叫喊的什麼，卻心中發冷，知道大事不好了也。說時遲，那時快，海濤將車煞住，奪門奔向車尾，看時，苦也！苦也！不禁「啊唷」大叫一聲，有分教：

驚魂猶未定，動魄更已飛。

看官，你道端的如何？原來車尾底部早已熊熊一片火光，半尺來長的火舌亂舐突竄，直燒到那防撞安全橫桿之上來。那金屬漆膠和著機油燎炙的強烈氣味，一似打翻了五十個南貨鋪的鹹魚皮蛋醬菜缸在油漆店裏，熏得二人眼中噙淚，喉頭嗆煙。事出突然，一時竟愕愕得不知所措。此等扣人心弦景象，平常只在警探緝盜，追車撞岩或翻落陡崖起火燃燒的電影中看到，如今由觀眾一變而爲主角，竟然六神無主，不知如何是好。一分鐘前，輕車尙疾行如長江翻浪之蛟，而今卻靜伏路邊，好比離水縮頸之鼈，靜待烹殺。造化作弄，何其毒謀無情！

正惶惑間，還是海濤師兄若有所悟，一個箭步，跳進路旁低凹處亂草叢中，尋來廢棄車胎膠皮一條，揮舞撲火。怎奈那火舌已自更高，這邊抑住，那邊又起，最後車身後半兩側也告燃燒起來。眼見車中物什，轉側之間卽將付之一炬，乃把師兄拉向一側大叫道：「趕快打開後面車門，搶救東西要緊！」海濤聞言，連連稱是，忙自取出鑰匙開鎖。豈料鑰匙雖插入鎖孔，卻因金屬遇熱膨脹，任憑左旋右轉，使出吃奶力氣也打不開了。我去近處揀來碎石兩塊，心想砸玻璃，探手取物，或尙有可爲。鼓氣投擲。殊知三擲不破，由於石頭太小。遂又奔向車前，打開右邊車門，一手抓住放置後座上層之衣箱提手，奮力拉出，拋在路旁。

正擬搬取下層之書箱，海濤師兄一把將我拉住，連道：「算了！油箱可能爆炸！身外之物，由它去罷！」經他一說，反倒猶疑起來。心想此話有理，如今二人毫髮未損，已是大幸，如若當眞油箱爆炸，後果不堪設想。正是：留得青山在，不怕沒柴燒。何況燒盡箱篋，從此不再讀書，學那陶朱子房，閒雲野鶴，寄身湖山，管他世事擾攘，也是人生樂境，不必兢兢業業爲稻粱謀，爲令名苦了。辛稼軒有詞調寄〈鷓鴣天〉云：「不向長安路上行，卻教山寺厭逢迎。味無味處求吾樂，材不材間過此生。寧作我，豈其卿。人間走遍卻歸耕。一松一竹眞朋友，山鳥山花好弟兄。」無慮無憂，攜帶妻小，去那山腳水涯，結廬屯墾，過他後半輩子清平生活，不亦快哉！

正神馳忘我之際，忽聽得「咔嚓」一聲，定睛看時，只見公路迎面向紐約方向急駛的一輛貨櫃大卡車，急煞停住，躍下赤膊彪形大漢一名，手拎兩筒小型泡沫救火器，踉蹌跨越公路朝我們奔來，口中大叫：「站開！站開！」海濤與我，見救星來到，慶幸吉人自有天相，暗中歡喜。

只見壯士飛縱車身，不由分說，打開救火器，沒頭沒腦向那烈火噴澆。不到兩分鐘，泡沫已盡，火舌猶未壓下。壯士聳肩攤手，表示仁至義盡，無能爲力。我二人迭忙相謝，目送那無名壯士，垂頭喪氣，悻悻去了。此時再看那車，已燒得劈啪作響，濃煙沖天，足有一丈來高。到了這時候，萬念俱消，反倒心安理得，索性袖手冷眼旁觀起來。二人彼此相望，覺得一切發生，既蹊蹺又荒謬，無從言說，竟會心失笑。

就在此時，公路巡邏警車趕到。我二人趨前相迎，方欲解說，警伯伸手作勢，道：「不必說了，任倒楣罷！」(Forget it! Tough luck!) 心中自忖：這警伯何等人物，不知處理過多少大險小禍，連他都相應不理，命中注定是全車付之一炬了！

數分鐘後，救火車開到。警伯驅散四圍觀火之人，指揮救災。但見兩隻水喉，上下左右噴澆，火勢始見轉弱。

七時三十五分，火勢完全平定。觀火之人紛紛登車離去，只餘下道旁汽車殘骸，獨對黃昏。晚風拂衣，好不淒涼。佇立極目，但見原野寂寥，遠山漠漠如織，紅日西沈，殘霞滿天。劫後餘生，對於事變經過，幾乎全然不能置信。但事實如此，時耶？命耶？又其奈他何！

正是：

萬事有命何由懼，千秋無窮豈可期！

警伯大人問過口供，並作了記錄。海濤師兄出示身分證件，也畫押塡表如儀。廢車處理問題，由警伯稍後電就近拖車公司善其後，不須我們煩心。諸事已了，警伯大人邀我二人登車，聲稱「把你們送到最近一個有旅館、有餐室、有公用電話的小城去。」看錶，美國東部時間，下午八時零三分。有分教：

一個束手，一個抓瞎。難兄難弟，亡命天涯。

夜歸

警伯將海濤與我帶到一個小城（一則暮色蒼茫，一則怔怔出神，也忘了看明路邊牌示，究竟到了何地），逕自去了。海濤先找到公用電話，向乃瑛嫂簡短報告事變始末，並言即折返普城，二人尋了一家義大利餐館，胡亂進了晚餐。然後購票候九時半長途汽車先回紐約，再轉普城。抵達時已是六月十三日清晨一時許了。

進門之後，乃瑛先取出大麴酒，滿斟兩杯，爲我們祛寒壓驚。繼之捧出鍋貼蒸餃、熱炒兩盤，並原汁牛肉湯。熱乎乎二人吃喝一足。燈下暢談焚車之事，彷彿南柯一夢。不足惜，不足懼，更不足慮，只覺好笑。「塞翁失馬，焉知非福」；酒足飯飽，二人各口占打油一首，以誌其事。詩曰：

乍見車焚膽欲驚，
既知無奈意轉寧，
烈火熊熊閒心在，

風波處處是人生。（海濤）

車焚魂驚在半途，[4]
束手無援立踟蹰，
江湖路上多險巇，
世間難料禍與福。

海濤與我，俱幼遭戰亂，流離失所。顛沛至臺，又漂洋過海，在異國成家立業。可謂歷經萬難，備嘗苦辛。然則，也都僥倖過了。江湖風浪與人生苦樂，也不過如此如此。拋開名利，忘卻營營，適性爲安。但願此身有驚無險，健康快樂，下半輩子尚可逍遙也。

鐘鳴三響，方驚覺已是次日清晨。遙想加州酒蟹居妻兒，此時不知已就寢未？（加州西部時間六月十二日午夜十二時正）遂撥電話，輕描淡寫略告始末。妻詢以所焚究有何物，竟即時無以對。頭腦昏昏，沈沈欲睡，爰就記憶所及，數出要件若干，計開：毛筆兩枝。墨一塊。硯一方。煙斗一隻。煙草六兩。參考書三册。稿紙兩疊。未完成稿件一份。眼鏡一副。鞋拔子一隻。機票一張及現款若干。

報告甫畢，倦意困身，遂登樓回房，撲倒便睡，不知東方之既白。

——一九八〇年十月十七日《聯合報》副刊

注釋

❶ 明德學院向以歐洲主要語文（英、法、德、俄、義、西）研習馳名，尤以暑期學校之辦理最著。一九六六年增設中文，委普林斯頓大學東方學系主持，由陳大端學長總負其責。學生以選拔自東部各常春藤名學府為主，素質優異。開設以來，成績卓然，為暑期有志學習中文之各校高材生嚮往之所。

❷ 講題為〈今日世界〉，強調自由與極權之對立。詎料三十年後，世局仍擾攘不已，且更過之。自由與極權之爭也更尖銳化。不禁令人感慨系之。

❸ 海濤於二十年前做大學生時，已是忘懷自得，有他自作七律為證：「一燈兀坐夜偏長，久客翻疑是故鄉。無事如僊忘落寞，有書對我訴興亡。低昂歌起風鳴樹，彷彿人來月探牆。身到靜時心轉曠，悠悠千載費思量。」

❹ Middlebury一字，若拆開來，正好是「半途」「埋葬」，也算巧合。如果音譯為「楣頭不瑞」，就更應早有先見之明，一如相士語：「主凶，不宜遠行」了。

飲罷醉眼看春花

三月下旬，全美亞洲研究學會年會在大埠（我很喜歡老華僑對舊金山的這一親切稱呼）舉行，士林友輩與會者大不乏人，竟有遠自臺灣、檀島、康州、芝城和乳酪王國威州等地來的。乃定於春分後五日，三月二十六號在酒蟹居敬備菲酌以迎遠客，另邀灣區數友作陪。這在美國親友星散各居一方的情況下，眞是天大難逢機會了，想想看，可以把時在念中而數年不得一見的朋友，彷彿牌九桌上的莊家來個「通吃」，的確是快事。也都是相當熟識的朋友了，若用一句更容易產生滿足感的四字俗語來說，就算「一網成擒」罷。

可不是，這句戲言還眞胡亂用它不得，就眞有漏網之魚哩！二殘早在一月之前便連來三函，語誠意切，說是禮物已備，只待是日到時前來暢飲，並於當晚在酒蟹居「掛單」一宿云云，卻怎料機票難購，候補不果，未能踐約。西雅圖楊牧，漪歟壯哉，舉家馳車南下，夜宿大散關（Grand Path，在奧勒岡近北加州處），二十三日掌燈時分安抵寒舍，歇宿三天，竟堅意在大會諸君子言歡聚飲之日午前打道北返，連我家娘子苦苦勸留都無結果，也只好以王子猷訪戴興盡而返視之了。

那天晚上酒蟹居席開一桌，高朋十有一位，陳若曦帶來紹興整大罈，賓主暢飲極樂。酒過數巡，客人乘興聯句，打油得十六字：

娘子當壚
大宴酒徒
笑口常開
不亦樂乎

「笑口常開，不亦樂乎」，正是各人心所同感的嘆息罷，人到中年，索居海外，那樣的機會很是難求了。夜闌人去而春猶在，那寂寞涼如寒露。我於是推門步入後庭，鬧酒時未察覺已落過了雨，藉著屋裡的光亮，只見幾隻蝸牛緩緩窺行打探——糊塗的尋春者，幾株茶花與劍蘭斂滿了春意，開得讓你驚夢，遂不禁遙憶起當年杜鵑盛開時在臺大文學院年少鷹揚書與劍的光景來。

那晚應邀賞光諸友之中，再發與我訂交最早，也是近數年未曾謀面最久的。上次跟他相見，是一九七七年夏天，二人同返臺北不期而遇。我們同奉業師靜農世伯召飲，適益堅師兄恰也自美返國省親，於是大杯看酒，豪飲行者尊尼，我竟不支醉倒。再發停箸照料，頻頻笑我「濫情」，至今記憶鮮活。此後一別六春，除了年底互相寄張卡片略通有無外，他在威州陌地生臥雪高蹈、困學進知，我在加州山景城鬧中取靜、飲酒觀世。這次重逢，我早已華髮滿頭，他則青絲如昔，依然故我，只是一臉無從隱藏的寂寞，叫人不敢逼視。

再發治古聲韻，用力勤奮，態度謹嚴而不輕易爲文。這本是一門極其枯燥需要耐力的學問。他在中西部隆冬雪鄉孜孜治學，寂寞更似莽莽雪原。而他的寂寞不僅囿於環境與所學，再加上近處連跟他談談問題的同行都沒有，待關情起時，便似漫天大雪紛飛了。我於是就在那天晚上，寫了一首打油詩贈他，兼亦寄情：

六年不見鄭再發，
常常忽然想起他。
行將半百無白髮，
漆黑一頭似烏鴉。

問君寂寞何所事，
故紙堆中摘豆芽。
日日埋首定古韻，
夜夜思鄉悲胡笳。
酒蟹居中宴舊友，
蓬萊島上是我家。
何日攜手杜鵑城，
飲罷醉眼看春花。

——一九八三年《中國時報》「人間」副刊

忘年交

同門曰朋，同志曰友。這是古人的說法。今人謂「朋友」，可以僅及某人之相識者，生張熟魏，都無軒輊。同門同志之說，便往往付之闕如了。這一點倒極符合英文 friend 一字之義。英文「朋友」一字，可以稱之爲「某人知悉、願意交納並願推心置腹之人」(A person whom one knows, likes, and trusts.)，亦可以稱之爲「任何相知了解之人。通常爲寒暄稱呼之用」(Any associate or acquaintance. Often used as a form of address)。中文「朋友」一語，現時與英文之義甚近；至於古義，我們多半改口竟以「同門」或「同志」相論了。生張熟魏，並不絕對需要知其底細；至於是否可以「推心置腹」倒也非是條件，有時「互相利用」反是最好解釋。所以，我認爲中文現時呼爲「朋友」之說，也就是通常藉以相稱寒暄的泛泛之詞而已。

我這樣分析，並不是好爲爭辯。遇見初識之人，你尚不知其究竟，如何推心置腹？但是，爲了顧全客套，你逕呼對方爲「朋」爲「友」大抵是不成問題的。也許對方「受寵若驚」，亦未可知。總之，若說今義與古義可以觸通，恐怕只有在對某人認爲其「不夠朋友」的負面語氣下才成立。古今之異，能不愼乎？這樣說來，似乎「年齡」在彼此之間便成了相當的考量係數了。

大體言之，「年齡」這個東西，西洋人基本上是認爲與呼朋喚友並無瓜葛的。至於「男朋友」、「女朋友」等今人用得相當廣泛熱絡的稱呼，則更與年紀無關了。兩情相愛，是最重要的考慮，別人的看法如何不需重視。「老夫少妻」或「小丈夫」，按照今日現時的中國人看法，只是一種實質上的現象，洋大人則是全然不理這一套的。如果擡出「個人本位主義」或「人權」之說，那就更爲熱鬧了。

基是之故，我在海外結識了一批「忘年交」的朋友。華洋兼之（由於人數相當衆多，在此略其姓氏），這些朋友，大多年少，有時相差達三十歲之多。這些人，我逕以「年輕朋友」呼之，因爲多半是我的學生，或學生的朋友，故對他（她）們的認識比較一般人清楚。與年輕的洋朋友交，覺得最爽然的是他們的「直言無諱」，完全不像中國年輕人那般吞吞吐吐、欲言又止。

比方說，有一位叫做戴健的女生徒，資質聰穎，且反應靈敏。我過五十歲生日的那天，她送我一件T恤，上面印蓋了大小無數顏色殊異的雞形圖案。她說那些圖案是她親手設計，因我生肖爲雞，故用爲賀禮。我說這樣「花俏」的T恤不敢穿著，她笑著說：「您的意思我懂，我並沒有讓您非穿不可的理由。您所說非常清楚，我想連這些雞朋雞友也都聽明白了。」所謂「雞朋雞友」，是她自創，意指那些T恤上的雞形圖案。這樣詼諧的笑語，大概爲中國的年輕學生所不敢爲。

又有一位學生非常喜歡我，直說我長得很像她的祖父，我笑謂她可逕呼我爲「祖父」（爺爺）無妨。殊知此姝含笑答道：「我如果不考慮頭髮黃、鼻子高，早就叫您爺爺了。」還有一位洋學生，身高馬大，最喜玩笑，常露赤子之心。我有一次對他說：「我應該給你取個譬喻恰當的中國諢號。」他把嘴巴一抿，脫口而出道：「打開窗子說亮話，您也不必繞著彎來了。如果您不反對，就叫我『大小子』吧。」

中國大陸來的學生，也許經過「文革」環境的特殊訓練，個個口才好、表達能力高強。有一次，我對我的助教說：「大陸的漢語課本政治性太強了。這樣的課本給到中國去學漢語的外國學生用，也就罷了。偏偏是運出來給在海外的外國學生用，那做生意也得有做生意的腦子，就該另編一套，對著外國人的口味來。」這位大陸來的助教聽了，笑笑說：「莊老師，如果那邊編書寫書的人都有您這種腦子，那就至少吃牛排要有生嫩帶血的、半生不熟的和全熟的三種，而不必天天喝稀飯了。」最近有朋友隨團去大陸旅遊，先到北京，陪同人員守口如瓶，不苟言笑。到了西安，忽然笑口常開，能言善道，判若兩人。當我把這事語及大陸來的學生時，某人笑嘻嘻地說：「天高皇帝遠唄。中國如果沒皇帝，這位陪同也不必演戲了，演了戲也沒人看了。」

這倒讓我立刻想到一位過世將近十年的忘年老友——司馬桑敦先生。一九七九年司馬先生及夫人金仲達女士爲「酒蟹居」上賓，該日夜宴司馬先生進餐節制量少而緩慢，乃問其故。司馬公笑語曰：「因膽囊切除，忌酒節食不得已也。今日又忘了戴假牙，這就啞巴吃黃連了。」妻於是開玩笑說：「您是老得旣沒膽（子）又無齒（恥）了。」豈料司馬先生毫不以爲忤逆，竟展笑拍案，伸出大拇指逕對妻說：「美麗，說得好。好個無膽無恥！幸好我丟了的是實物，勇氣和羞恥都不缺少。所以嘛，我還不算老。」

司馬先生長我大約二十歲，我當年在臺灣做學生時就愛看他的文章，因爲他的文章眞誠性篤，非常表現一個知識分子的抱負胸襟。不像許多跟他同輩的人爲文總予人道貌岸然的虛僞，或言不由心。司馬先生的文章眞可以說是「文如其人」，強烈的北方人個性與其堅卓不易、追求理想的信念，加上廣博的歷史文學觀，行雲流水，給人「力拔山兮」的震撼。

我跟司馬先生忘年相交，當時同客舊金山海灣，爲時雖不長，卻感同平生。在灣區，還有一位長我甚多的「忘年」崔萬秋先生，道德文章都令人欽佩。可惜日前朋友電告仙逝，謹在此附筆致上無盡哀思。

酒蟹居的「朋友」，大多有一通性——那就是具有詼諧直言敢言的器度。而朋友之中忘年多多，這大概就是我的交友之道了。

——一九九〇年十月十二日《中華日報》副刊

嫦娥止舞月停飛

去年五月九日，我大病後出院，當晚即跟你通了電話。聽見了你熟悉的聲音，一時不禁熱淚盈眶。對不起，恭億，自你染疾住院以來，我雖在你初入院的頭三個月內見過你，其後，都因爲你的堅持而未再與你相見。雖這樣，我每星期必打電話給你，不爲別的，就爲得到「聞其聲如見其人」的快慰。但是，我那天跟你通話，想不到竟成永訣。許是心靈感應罷，雖則你的聲音低沈嗄啞，我卻仍感到你一向跟我說話時的遒勁懇切。你說：「你沒事了，虛晃一招。」依然那麼朗達幽默。是的，我是「回」來了，而你卻在一星期後「去」了。

人在天涯，棲遲海外已久，當年雄心萬丈、志在四方的青年朋友，包括你我，倏忽都已華髮添霜，俊顏憔悴，貌顯老態了。我跟你，恭億，雖非曩昔同窗故友，但是，身在海外的二十餘年歲月，卻是你與我幾乎每日共同度過的。再說，你是我的臺大學長，又同是文學院出身，而我們也都來自一個相同的故鄉——中國北平。我雖不在北平長大（四歲離鄉），但我們的「根」——故國故鄉故人——卻把你我兩朵皚白的同株蓮花牽連在一起，同在太平洋彼岸的西海灣裏開放。

你是一個極爲智慧、深邃而又充滿幽默感的人。大抵就因爲智慧深邃的緣故，跟你初見的人，都或多或少會有摸不著門兒的感受。但是，只要基本上是正直見性的，在與你二度或三度相交之後，都會對你幡然改觀，爲你的迷人之處感覺爽然。

你生於故都北平一個世宦書香之家，也受教育於傳統與現代更迭交宕的環境，加上你天賦的資質，養成了你爲人處世的哲學。你的故鄉也即我的故鄉，但自幼離鄉，對於故園一無記憶認識。是你，在這二十餘年朝朝暮暮的相聚中，一點一指爲我張繪出故鄉的彩圖，帶著我歷遍大街小巷。我仍記得某次仲夏，你來酒蟹居夜話，端著一杯酒，站立在外面蘭花滿盈通往後園的拉門前，瞇著眼，呷了一口酒，對我說：「這時候，要是在北平，咱們哥倆就騎著車，由我帶著你去各處看看。到酒館來他一斤白乾、三五碟小菜，吃喝一快。然後去天橋、北海，玩個痛快。」這已然是陳年往事，我們從未眞正地衣錦還鄉，我們仍在海外飄泊，在異鄉作客。

那年，一九七八年，你陪同本校校友訪問團回去相別了四十年的北平，歸來有感賦詩，寫道：「北土風沙漫，西山餘徂暉。憑窗情更切，繫帶意先歸。永定河依舊，長安路盡非。

金鰲難續淚，玉亦蝀堪悲。」並謂「續淚」本黃庭堅「杜鵑無血可續淚，金雞何日赦九洲」句意，而「玉蝀」取《詩經・蝃蝀》篇解。其音感傷，其情悽悲，自此未再向我道過同遊故地之議。而你在北海公園仿膳參加科技會宴，有感賦詩道：「瓊園春尚早，翠柳未成蔭。御膳兒時味，傳觴淚滿襟。」故國故鄉給你的感受更是欲語還休了。

一九八〇年代你再訪故國，那次，你到上海與胞弟恭佑重逢，四十年來家國、三千里地山河，你們在杭州漫步蘇堤，曲院荷風，引起你的詩情，寫下五絕一首：「曲院秋風起，荷塘近晚涼。親情傾未盡，更踏六橋霜。」而送令弟返滬之後，獨宿浙江飯店，入夜重遊曲院荷風，又有詩情：「江風十里送餘芳，曲院重陽露凝香。遊子天涯傷寂寞，西湖何日是吾鄉。」慨當以慷，幽思難忘，飄泊他鄉的戚寂躍然紙上。你在西泠橋畔尋蘇小小墓不得，聞已毀於文化大革命，寫下：「平章府裏豺狼惡，西泠橋邊去不得。鐵索牢羈青驄馬，銅鍾碎壁油車。」不用一句政治術語，其批判之深入鮮爲人知。

恭億，你負笈美國，雖說專攻語言學，見解深邃、治法謹嚴，但你的文學才興，實遠較許多專攻文學的朋友高闊。除家學淵源外，你的博聞強記的本事，及迭宕探微的才賦，把你塑成我的「文友」。我敬佩你，當然，我更懷念你，一九八〇年（庚申）你過生日，大概有感於將去，曾賦詩云：「春蠶有意餘空繭，老婦無端作嫁衣。桂酒頻添人未醉，嫦娥止舞月

縱浪大化中

朱寶雍又在今年舉行她的另一次陶藝展了。我身在藝術家及藝評家之外，但對於她的作品，總有一點「吐之後快」的感受，遂情不自禁地隨便說說自己的感覺。

朱寶雍的陶藝是一項異數。她總在我們的文化傳統中去尋取，去得到靈感，再用現代西方陶瓷藝術的感受把她的靈魂勾製出來。比方說，她那件八呎高十呎寬的大作品，贈送給了故宮博物院，便是非常足以說明這項精神的注腳。那件作品，她靈感得之於秦磚漢瓦，圖案簡樸，氣魄閎大，有深重的文化氣質意義，絕非「形」的抄襲。又如，中國文化中的「高枕無憂」的意識，也給了她微妙的新穎的感受，於是她以「枕」的「形」來製出許多作品，反襯出現代感，反襯出繁忙雜亂的人生。看了她的「枕」的啓示，我們無形中得到了「高枕無憂」的高妙意境。這種心機禪意的嬗遞，是非常高明的。

再如，她的作品中有一大批外圓內方的「形」的塑造。這表示了什麼？而她在原件上塑製的許多「腳」又代表了什麼？其實，她是表示了中國傳統「唯吾知足」的感覺。外圓內方，正是君子器度。這種「樂燒」的總題，不外乎是「陶如是說」，那也就是「佛如是說」的佛理了。

她的那些用「腳」爲題的作品，我猜想是表現了「知足常樂」的傳統中國哲學思維。她以山川大地爲背景，以女人的側影在陶板上敷山水以爲呼應。女人就是山與水的「形」的表現，而我們得到的感覺則是「枕石漱流」的感嘆驚喜。道家的無爲是那麼生動巧妙地表現在朱寶雍的陶作上了。

她還對人的七情六慾加以諷諫。比方說，在有些作品中出現了女人的乳房、臀部，以及男人的生殖器官（那話兒）、槍、苦瓜等等，這些都是「六慾」的象徵。但是，往寬廣處看，我們可以在一枕之中得到片時安閒，忘卻了七情六慾。枕石漱流，與自然合一，則是所有現代人的超脫生命罷！

象徵人生，是朱寶雍此次陶展的大主題。她在某些陶件上，塑了不盡的樹葉，圖形不同，組合殊異。這樣的現代表現方式說明了些什麼呢？原來她是以樹葉代表榮枯相間的人文歷史，我們彷彿跟著作者的彈指走入了歷史的隧道，就像翻動書頁一般翻轉了歷史的動輪，故宮、歷史、人生，件件事物都浮動起來。而朱寶雍用的古樸色澤，最能道出這種感覺。

藝術作品不但是形式的匠心獨創，更重要的是創作者藉形式表達出來的訊息。文學如此，繪畫如此，攝影如此，音樂如此，當然，陶藝亦復如此。所以，我覺得朱寶雍陶藝最可貴的優勢，是她藉陶藝這個形式展現了她對中國文化的追溯、探索、汲取與呈現，用新的陶藝形式表現出她對中國文化精神的二十世紀的新詮釋。如果用有晉一代大文學家陶淵明的詩來形容，那就是「縱浪大化中，不喜亦不懼」。這種有定力的心神，正是朱寶雍的作品系列陳展出來的。

——一九九〇年十二月十九日《聯合報》副刊

何須惆悵近黃昏

最近朋友自北京寄來由北京大學出版社及香港文化教育出版社聯合出版之《北京大學當代學者墨迹選》一册。印製精美，內容豐富，眞令人精神爲之一振。

北京大學不但爲我國近代歷史最久之最高學府，自創辦迄今，其學術風氣之盛、人才之迭出，名重華夏，氣貫寰宇。我國文化及政界倫領之輩，特別因「五四運動」而享大名久遠者多矣。「北大人」一語，有時竟爲國人對北大培育之有志博學人士的欽羨讚譽美稱。北大之所以享名，被譽爲士林重鎭，不但因爲地利之宜，而主政人選之精拔（諸如蔡元培、胡適、蔣夢麟、傅斯年諸先生）更是使教育步上正軌、文化綿流於坦途的大條件。《北京大學當代學者墨迹選》一書之序言有云：「北京大學的前身爲京師大學堂，創建於一八九八年。一九一二年大學堂改名爲北京大學。一九一六年由蔡元培先生任校長。自蔡先生主持校務後，北大即逐步走上近代化的道路。當時人才薈萃，學校開始形成革命傳統及學術傳統。蔡先生就任北大校長時提出『以正當之娛樂易（更換）不正當之娛樂』，正當娛樂中當然包含美育的內容。後來，蔡先生又提出『以美育代宗教說』，認爲『純粹之美育，所以陶養吾人之情感，使有高尙純潔之習慣』。在他的領導下，北大先後成立書法研究會等。……長期以來，北大教師中旣有專業特長，而又兼長書法者，爲數甚多。」正當娛樂及美育之倡，是爲端正學風、鑄養品德之要津，難怪北大教師之中學有專長而又精工書法的多之又多了。

臺大爲臺灣公認之第一最高學府。其所以如此者，當然與傅斯年先生接掌校務有關（爲期雖暫，三兩年間臺大施政之宏規旣定）。中原板蕩，中華文化之興繼賴臺海鼎力爲之，而臺大又冠集全力，學術風氣之披靡，遂成爲全島重鎭。當年北大教授隨政府渡海去臺者多矣，北大精神得以在臺復興延續，孟眞先生之功不能謂不偉。孟眞先生爲當年五四健將，爲人耿直，器宇恢閎有度，而學術專精，治史深邃卻不鄉愿；加以一心一意治學，旨在辦好教育，故勤政而愛學生，有不傲驕及不唯命是從之氣骨。臺大之所以爲臺大，於當時今日，不能不說是傅先生奠立之基訓使然。我有幸在其繼任錢思亮校長任內完成學業，多少獲益於北大當年宏碩大度之流風濡慕。

北大當年有蔡元培先生高倡「美育」，而美育之成，最貴者爲「人品」之淳陶。《北京大學當代學者墨迹選》一書附國際政治系教授趙寶煦先生〈學習書論札記〉中有云：「藝術創作的眞正靈魂是深刻的思想感情（包括可言傳的與不可言傳的）。這是藝術作品的實質內容。……深刻的思想感情決定於藝術家的品格，所以過去人常說，藝術決定於人品。書法藝術也是一樣。清代朱和羹《臨池新解》說，『學書不過一技耳，然立品是第一關頭。品高者，一點一畫自有清剛雅正之氣；品下者，雖激昂頓挫，儼然可觀，而縱橫剛暴，未免流露楮外。』」品格一語，在他的文中眞成了藝術的中堅。歷史系教授周一良先生在〈再談字如其人〉一文中更爲趙先生作了注腳：「一個人的書法與本人還是密切相關。照片如實地寄託人們的音容笑貌，而書法則在某種意義上寄託了人們的品格精神。」「品格精神」於是乎成了書家必須具備的條件了。

我們欣賞某人的書藝，其藝固屬重要，然更重要的是在其藝中傳達出來的一種氣質。這種氣質也就是文天祥在〈正氣歌〉中所謂「時窮節乃見，一一垂丹青」的說法。總而言之，孟子曰：「吾養吾浩然之氣」，人品也者，即是一個人的「浩然之氣」之謂。具有這樣的養生胸懷，其氣必淸而剛。發之於書藝，也必然可以成爲形體與氣質並存的流風。所以，在《北京大學當代學者墨迹選》一書編後記中，編者說：「近幾年，書法界百花盛開，美不勝收。由此聯想起北大人才濟濟，書家輩出。他們常借寫文賦詩來直抒胸臆，詩文典雅深邃，從一個側面反映了北大教師的學術水平和文化素養。他們的筆法雄渾、遒勁，或娟秀、灑脫，或古樸、端莊，給人以美的感受與薰陶；這些作品實屬北大當代文化財富和藝術瑰寶。」

我們嘗以「清」「濁」定界藝術之雅俗。清是一種氣質，是人品的體現所表之於藝術的形，而予人的感受。該書哲學系教授楊辛先生云：「我感到成功的書法作品都是一個有生命的整體。在書寫前，需要散懷抱，也就是保持一種虛靜的心態。如果心裏還裝著一堆雜念像一池渾水，寫出的字就難以成爲清泉。書法是一種造型運動的美，是在運動中保持均衡，變化中達到統一。所謂『意在筆先』，我理解其中包含了書寫前的情感的醞釀。到了揮毫時，就要放開寫，要筆隨意轉，意在筆中。字要放得開，先要心放得開。一氣呵成，體現了在點畫運動中情感的自然流露。書法創作好似風行水上，自然成文。如果風是情感，水是紙面，文就是情感融化在紙上墨寫的字。這樣寫的字，在整體上才能保持一種『天眞』、『天趣』。」可以得到天眞、天趣，那也就是清流了。蘇東坡曾說：「書初無意於佳乃佳爾。」又說：「詩不求工，字不求奇，天眞爛漫是吾師。」這都道出了書家寫意的自然之道。

十一年前我訪大陸，所到之處，經常見毛澤東的字整壁滿牆，到了予人厭惡之感的地步。毛氏的字，狂野潦亂，虛尖側鋒，透露著十足的霸氣。我曾在《八千里路雲和月》一書的首章中這樣寫道：「古今中外，大凡自卑感深重的統治者，都具有剛愎、陰詐、毒狠、仇忌的錯綜性格。特別好大喜功，目中無人，不甘寂寞，於是殘民以逞。若說詩言志，和筆跡顯示一個人的性格，毛澤東的詩詞和他的一筆字，倒眞的名副其實。」現在看來，仍有同感。霸主屠夫毛氏不論，時下坊間書藝之爲，人品端雅正道，功力深厚者多有，但不幸亦間有專以「形」強申藝義而罔顧人品者，狂野桀驁，志在名利。這自然就可歸入前文楊辛氏所謂的「一池渾水」，以匠氣爲剛的矯柔造作一類了。《北京大學當代學者墨迹選》附該校法律系教授李志敏〈書學筆記〉一文說：「書之抽象性、非功利性有如器樂；書之實用性、功利性接近聲樂。書與樂，其社會價值之奧妙，可言宣又不可言宣；其藝術魅力之幽緲，可思議又不可思議。深識書者，得其意而忘其象；淺識書者，得其象，不解其意。德不可僞立，名不可虛成，藝不可詐取，故眞乃爲人作書之無價寶。」的確是肯綮之言。

《北京大學當代學者墨迹選》最令人訝然又復欽敬的是，册中所錄學者書法，或摘自古詩詞文章，但更多爲個人之作。而除了文、史系教授如名人馮友蘭、馮至、翦伯贊、羅常培、沈從文、王力、魏建功、吳組緗等書藝外，其他各系學者選件無論書藝及內容，皆堪稱上品。北大經過五四、文化大革命等驚天動地的歷史變革，在這些當代學者的書藝中都留下了身影，光照千秋。

——一九九二年十二月十七日《聯合報》副刊

千萬和春住

何處望神州，滿眼風光北固樓。千古興亡多少事，悠悠。不盡長江滾滾流。

——辛稼軒〈南鄉子〉

我這一生，自幼便始經喪亂，兵戎相見。從中日抗戰到國共齟齬，離神州而赴臺海，又翩然去國，投身異域，若以四季嬗遞爲喩，也算多彩多姿了。將近五十年的大好歲時，似乎春、夏、秋、冬，我全經歷過了。

八年抗戰，那是我的童少時期。兵亂之中隨大人四處奔命，人在鄉壤。大環境多是山明水秀，令人心曠神怡。每回春來，漫山遍野蝶舞蜂喧，流水潺緩，薰風沐醉，綠意非僅盈疇，簡直就是鋪塞宇宙天地。我不似人在城中，直須翻箱倒篋尋找形容詞來詠春讚賞，而是我在春中、春在我中，如飲醇醪，早忘記自己是身在戰爭邊緣了。

抗戰勝利，童年結束，進入了我的少年期。這時，戰爭所帶給我的童年印象似乎逐漸遠去了。中、日之間的民族恩怨雖云暫告段落，而國、共之間的爭執摩擦，正好在我少年氣盛時迸出了火花。離亂八年，我走遍了江南、西南、華中，而終又重返江南。但是，我沒有看到感到一點江南的明媚溫麗，我得到感到的是撕膚欲裂的酷夏盛熱。在內戰中，春天被連天炮火再度震飛迸散。結果，我就在不甚了了的情緒下，跟隨父母續作戰爭的流離，沒有回到故鄉，竟然浮海去臺了。

在臺灣，一住十餘年。青年期的漫漫長夏呀！一切的一切，在亞熱帶氣候的蘊滋下成長。儘管我極不喜愛炎夏的煩燥，卻也抑制住了蠢動的情緒，慢慢地靜悄悄地把自己託交給環境。生活在鄉野郊原，時常爬上山頭，炊煙落日，雲靄雨迷，我去袤擴望遠，我盼索著秋天的影步，自初中而高中，而大學，而研究所，終於負笈出國，海濶天空的去賞欣秋光。

但是，也就在我進入中年的這段時光，走離故國，未能實際參與近代中國史上政治經濟飛躍大變的機運。好在在海外孤寂的生活環境中，猶能自我韜奮，冷眼靜心觀看世局，仔仔細細展視思量自己的童少時期。緬懷沈思，做出了靜靜跨入金秋的冥想。其間，中國大陸發生了酷烈的文化大革命，終又告一結束，而中國整個的進入了毛澤東後社會的秋季，一切顯得沈寂、凝重、矜持、平緩，那也就是深冬了。

我在這樣的歲時中，審視中華文化的博大豐實，情懷醇濃似酒，對於故國、民族、親友的感情愈加深沈。而對於中西之間文化習慣之差異，以小窺大，仔細審視。間或針砭時弊，對中華文化重新把持尊奉，卻又時加檢察重估。這段歲月中，我可以自認是成功的完整了個人在書藝方面的興趣與練習。中國書藝，眞是在文風內容方面，注入了作者人格心志而做出動人純善，發揮了偉大情操的藝術流風。這樣的人文形式在西方是沒有的。它演化成一種博大精深的氣數，我於是在如此的流風中濡染，得以借用瀟灑風趣的文字，無礙地做出藝術方面的熱情流露，充分地表達了個人擇善固執、積極向上的人生觀。我自天外重見中華，又在中華文化的流風中窺見了它窮世彌宙的彩影。

就在二十世紀即將告終，我將步入花甲晚年（冬季）的此際，我聽見了嚴冬冰封之後開春的跫音。二十一世紀的春天腳步自遠而近了，中華民族如旭日閃爍輝放的光芒在眼前亮起，春天的沁人氣氛令我臆滿胸沸，春之奏鳴處處響起。多美的旋律呀！偉大的中華民族，在二十世紀遭遇了一切不幸厄難悲苦屈辱，經過喘息，又自強昂首闊步，走向二十一世紀的新的春天。

二十一世紀肯定是中國的，那也就是中國的春天了。眞的，千萬千萬，讓偉大的中華文

追尋

天涯靜處無爭戰，
旌旗化作日月光。

壬申正月，四弟莊靈攜弟妹夏生伉儷同來酒蟹居，以臺灣出版熊德昕先生編輯之《抗戰歌聲》及《抗戰歌聲續集》二書見贈。我家房舍方經過整修，局面一新。棲遲海外，逢此開春時節，有親人自遠方來，其歡欣難以言敘。

夜雨燈下共杯閒話，在歡愉的環境中，遙憶起我們抗戰期中的慘綠少年，一時眞是百感交集了。正如《抗戰歌聲》一書出版人熊德昕先生在序言中所說：「歌曲是時代的心聲，惟有生活在那個時代，才能感受到那個時代的脈搏。」我翻閱那一頁頁記憶裏的歷史篇章，哼唱起幼時琅琅上口的歌曲。在燈下，忽然聲音很是蒼涼寂寞了。

熊先生說得對，只有對抗戰那個階段有過經驗的人，才能確切地感受到逝去了但仍然猛烈跳躍著的脈搏。熊先生儘管希望這些當年的「時代曲」，能夠有更多機會流行於今日，但這也僅是一種嚮往罷了。不過我倒是有一個感覺。那就是：這些歌曲，除了過於偏重時、空的抗戰意識外，仍有一些歌曲及歌詞都十分動人肺腑而且容易上口，似乎可以透過政府有關單位的介紹與推薦，取代許多臺灣目下的洋曲調及過於「大膽鋪張」的歌曲口語唱詞。比方說，羅家倫先生詞、李維寧先生曲的那首〈玉門出塞〉就是一個很好的例子：

左公柳拂玉門曉，塞上春光好。天上溶雪灌田疇，大漠飛沙旋落照。沙中水草堆，好似仙人島。遇瓜田碧玉叢叢，望馬群白浪滔滔。想乘槎張騫，定遠班超。漢唐先烈經營早。當年是匈奴右臂，將來更是歐亞孔道。經營趁早，經營趁早，莫讓碧眼兒，射西域盤鵰。

我當年唱此歌曲，並非身在西域，對中國的西北地理，也還沒有現在經過必要的參考資料知道得清楚。但是，一唱起來，就彷彿身在大漠，漢唐盛世的局面便驀然出現了。配上了音樂，大概比看了席慕蓉女士的文章還有令人動容之處。這種教育，絕非臺灣各級學校死啃硬背地理的方式可比。而且，對於文化的宣揚，這比什麼都好。

再如，應尙能曲、許健詞的那首〈追尋〉，一丁點「抗戰」的味道都沒有。「你是晴空的流雲，你是子夜的流星。一片深情，緊緊鎖著我的心。我要追尋，我要追尋，追尋那無限的深情。」這「追尋」，可以視若任何一種目標，歌聲撩動起我們的深情，是一種藝術的昇華。不像時下的流行曲，卽使是描寫男女之愛，也赤裸裸地毫無保留了。好像非要袒身裸裎，不能表達愛情。

臺灣的教育，不幸在與大陸政治上的分離環境下，已經變得越來越乾涸，現實化了。除了說中文認中國字吃中國飯以外，一般人對於「文化」很是稀薄。前數年，有一位自臺灣來的大學畢業生，在我的辦公室與我的一位洋學生相識。我這位洋學生問起臺灣大學生關於中國傳統小孩滿月吃紅蛋的習俗。殊不知被問的人面容紫脹，一時竟無以作答。只結結巴巴地說：「我們從來不過滿月，只過生日。我們也不吃紅蛋了。我們吃蛋糕，唱生日快樂歌。」這種外國文化的移植情況非常嚴重了。現在的臺灣家長，在孩子滿月時，恐怕少有按照傳統習俗備紅蛋供親友取用。如果一位臺灣家長，不知道怎麼唱〈生日快樂〉歌，大約也會被目爲不可思議的。

追尋，我們現在的同胞似乎對於這樣的感覺已經麻木了。寫文章的青年，極不以自傳統中吸取營養爲然。他們總認爲搞古典是極爲不需要的一種浪費。他們認爲現代人用現代語言表達現代感覺已足。古人的時代感我們已不必注意了。我只是覺得，他們的立論太淺薄了些，他們的感受反應太直覺（也許可以說成一廂情願）了些。他們完全忽略了本位文化的傳承關係，也幼稚得竟否定了文化的本質。他們的語言，其實只是外來語言的翻版。比方說，交通擁擠（塞），他們非要說成「瓶頸」不可；「再見」（或「明天見」）他們一定說成「晚安」。原來中國人說的「交通擁擠」及「再見」已經從他們的語彙中消失了。如果他們聽見有人執意這樣說，他們會認爲這樣說的人是在用外國話說話。

追尋，我眞的希望還以爲自己是中國人的中國人，能心平氣和的自我們自己的文化中追出一點東西，推陳出新；能夠把已經斷了的傳承重續起來。

——一九九二年四月二十日《中華日報》副刊

粽子的聯想

每逢到了中國年節，我的兒子都會表現出一種既驚又訝更愛的情感。他是生於斯長於斯的，有如此情感不足爲怪，爲怪的是像他的父母每年也有如此情感了。

說老實話，中國年節的應景食品，我毫無興趣。又黏又甜的東西我極不喜。可是，我愛中國年節的特殊意義與長遠的文化歷史背景。說著說著，又是端午節了。

我已說過，粽子絕對不是我愛吃的中國食品。那不要緊，可要是把端午節從我的生活（特別是海外棲遲生活）中拿掉，那就要變成「大災」了。我總覺得，像我這樣的人，之所以對中國年節抱有一種較爲深重的感受，跟我成長的過程有絕對的關係。我自小就身經抗戰，不像現代許多同樣在海外棲遲的中國人，生於安樂富足，長於幸福。這種沒有曲折的生活，對他們來說，難免會造成一種「該當如是」的現實觀。特別是在美國，他們很容易用美國目下富足生活的結構來支撐自己對於生活的意識，他們可能毫無自己國家經歷大難的那種實感。

就以文學來說，當前中國大陸的小說就比臺灣時下的小說高明進步多了。大陸的作家都是經過大劫大難長於憂患的，他們的感覺深沈、眞摯，語言厚實；而更重要的是他們對題材的掌握，及對問題的剖呈都有高超的文學使命感。不似臺灣時下的年輕作家的「無病呻吟」，一定要在意識層去挖掘，去展現。說出來的盡是不著邊際的話語，帶著絕對的個人異想天開。

屈原三閭大夫爲何捨身自盡的悲壯歷史，大概已經有很多年輕的中國人覺得不是重要的課題了。認爲這樣的呈現歷史是非常落伍而又有不必要的歷史包袱的想法。他們重視的可能是如何改良粽子的製作，如何改善河道環境污染的情況而又能得到龍舟競渡的快感。也許，他們認爲漢堡牛肉餅就比粽子好吃而又有意義得多。

要對目下的中國青年教授中國傳統歷史中某些特點，確乎是不太容易的事。在美國的中國家長，常常掌握不住的一點是，他們怎麼才可以教育兒女做一個「中國人」？做一個中國人並不因父母是中國人而已足，也不因在家吃中國飯，說中文而已足。而實際上是要讓這些孩子對中國獨特的「文化」有一種心嚮往之的索求。

很多的父母，越來越少對於中國文化的追取，他們自己也不甚清楚什麼是值得推崇的中國文化。於是硬性的要求子女說中文，上中文學校，藉以滿足自己身爲中國人父母的教育責任。我在大約十年前教過一位自美東來的女學生，她完全不會用筷子。我問她何以如此，她說父母自小就告訴她中國人用筷子是非常粗魯奇怪的行爲。後來她慢慢知道並非如此，反而覺得用刀叉用手抓吃才更粗魯。於是她下決心學習中國傳統文化。她後來到了中國，來信說她一定要嫁漢家郎，不能再讓自己的孩子不知道怎麼用筷子。

中國父母，就應該把爲什麼用筷子，爲什麼中國人吃飯不「吃獨食」那樣的歷史教授給小孩，這就跟爲什麼到了端午節就要吃粽子是一樣的道理。而絕對不要再用自己的無知或失察去貽誤下一代。粽子可以不吃，但是爲什麼中國人在端午節這天要吃粽子則一定要教授給小孩。這也跟吃中國飯爲什麼要大家圍坐，要用筷子而不可用刀子叉子一樣。父母一定要先問自己，才能教育子女，即使孩子可能成爲一根香甜可口的「香蕉」，卻不是製造一根變種香蕉。

——一九九一年六月十五日美國《世界日報》副刊

杯

杯在最早時是用以飲酒及盛放羹湯的器皿，其作爲茶具，恐怕已是唐以後的事。我幼逢喪亂，飄泊西南，在其地僻遠且貧的貴州，連記憶都是貧陋的。比方說，家中裝飯盛湯喝水用的都是粗瓷碗，只有大小不同，印象中並無杯的存在。

當時飲酒飲茶所用也都是碗。我家緊鄰就是一爿酒鋪，沿著櫃檯坐喝的顧客，用小碗飲酒，下酒物有花生、豆腐乾和茴香豆。父親在家飲酒仍是用碗，體積小些而已。至於飲茶，縣城裏的店家、士紳宅子和官衙府第，以及戲園子裏，都用帶托盤有蓋子的「蓋碗」，仍不用杯。一般苦勞工農就都兩手捧著大碗牛飲。

第一次見到且使用陶土燒製的杯已經是入川以後的事了。抗戰勝利次年還渝，才看見細緻的瓷杯。那時住在南岸的海棠溪向家坡，是國府貿易委員會還京前在渝舊址，我們家住的就是原該會委員長的官邸，可以說是自有記憶以來父親生前分配到的最好的公家房子。貿易委員會是闊衙門，委員長官府留下一批高級器皿自也不是意外。器皿除了整套瓷器外，還有玻璃杯，那也是平生首度見到。

玻璃原係西方產物，用來製杯輸入中國，便成了舶來品。從清末民初一直到六〇年代初期，在一般人心目中，凡是舶來的日常用品都代表一種不凡的身價，而用這種東西的人也就有了不同凡俗的高級身分了。崇洋心理，人皆有之，原因是自己不行，這並無可厚非。但是，如果不知發憤圖強，迎頭趕上，而一味崇洋到底，就另當別論了。

六〇年代以前，大凡是個有骨頭的中國人，都或多或少具有幾分崇洋心理的。說是「正常」現象，大約並不過分。至於無骨崇洋，雖屬可悲，卻有一提必要。此種心態的外射，便是跟任何洋人、洋事、洋物攀上關係以炫耀自己的「挾洋自重」。比方說：與國人說話不時來點聳肩、攤手的洋架子小姿態是一種；在國人面前愛夾吐幾個全無必要的簡單英文詞語，或總說「如果在美國就如何如何」是一種；在公眾場合故意展讀洋文書報是一種；前數年大陸青年講時髦，戴著連廠牌標貼也不拿掉的太陽鏡而作美不自勝狀是一種；而用高玻璃杯沏茶，不幸也是一種。

玻璃杯是洋人用來喝冷飲料的器物，我們卻倒行逆施，放茶葉其中而以沸水沏之，也只好任由洋人搖頭苦笑，冷嘲熱諷了。誰是有此種匪夷所思（crazy idea）創意的始作俑者，雖然已無從稽考，我對這個事情可始終抱有「打破砂鍋」的態度和興味。試想：香茗一杯在手，徐徐啜呷，齒頰留香，神清氣爽，本是優雅閒適的大享受。卻不假中式茶具以興，偏要用玻璃杯，高不可攀、滑不溜鰍、無把無托，既不易掌握，又燙手炙唇，難於啜飲，除了可以解釋成「庸人自擾」之外，實在找不出合理答案，於是乎我就歸之爲一種崇洋心理的現象了。

有事實爲證：明知此法荒唐愚蠢，竟無人提出異議或痛斥其非，而百人摹之，千人效之，萬人從之，就默認了下來。如果不是因爲它是一隻代表了眞、善、美，象徵著高度科技文明的洋玻璃杯，誰會甘願受苦受罪而樂此不疲？當年臺北有一類崇尚西俗的行爲派文化人，在居家休閒納福時刻，也絕不放棄分秒可以表現講求效率、積極振作精神的機會，西裝革履、打了領帶，端坐室中以示現代文明。這跟在玻璃杯中注入沸水沏茶，大約可說是一種心情、兩樣表陳。

近十多年來，臺灣在經濟上的騰躍猛晉，把物質生活的水平推展到了中國歷史上前所未有的高度。一般人的崇洋心理已被樂觀的自信漸然取代，生活素質在觀念上進步了多少我不敢說，也不確知。但至少以玻璃杯沏茶的現象不似當年那麼彰彰在目了。時下在奢靡浮囂的氣氛中，居然有人意識到「土」的可愛，至少有茶藝館的出現不讓咖啡店專美，至少教育了有限的人，讓他們知道用玻璃杯沏茶必須等待熱度減退之後方可牛飲的粗糙。

用杯喝茶既如上述，飲酒方面又如何？

如果把飲酒一事視爲一種藝術性的文化活動，平心而論，西洋人是較之我們精緻進步，同時也多彩多姿的。且拋開酒的種類名目不說，飲時所用器皿，便十分講究，某一類酒使用某一種杯是有一定的。不幸的是，我們崇洋效學西方的結果，總不是整批全套，而係斷章取義，或任擇一二。比方說，「民主」有名無實，人民的某些應享權利只見諸憲法條款文字，大量製造汽車進口汽車而不建停車場，以及不用小口大肚專爲飲白蘭地用的玻璃杯飲用白蘭地；不是像洋人淺斟慢飲享受此酒，而是用沏茶的玻璃杯滿斟之後連連乾杯，等等等等……。

洋人還有一種杯，是烹調時用來量計調味料的「量杯」。依區區之見，此物最宜向國人推廣，除了供廚房烹飪之用外，不時量量自己的文化水平，也是好的。在飲茶飲酒方面若能做到有模有樣、中規中矩，就功德圓滿了。

——一九八九年二月十三日《中國時報》「人間」副刊

三思而後行

妻發給我四十大元（兩張二十元的花旗票）的「私房」錢，衷心大樂。於是感激涕零，連道：「這下可以大大揮霍一番了。」

殊不知妻杏眼圓瞪，問曰：「你說甚麼？」於是又將我所說的重複了一次。妻道：「窮教書的，四十塊錢怎麼個揮霍法，請問？」萬般皆下品，這謀財之道，士的階級，不論中外，原來都非顯貴。我深感吾妻的誠懇忠言，四十塊錢，頂多吃兩客高級客飯，若要飲上好佳釀，則恐怕只夠吃一頓的。而外加小費，四十大元也許尚嫌不足。善哉妻言，怎麼個揮霍法？

揮霍絕對需要本錢的，俗云「大把銀子」是也。大把者，天文數字也。四十元僅足以湊上大把銀子小數點以外的一點一滴。現在景況不同了，妻定期給我們孩子的零花都在三位數。遙想自家幼時，抗戰期間，吃上大米已非易事，雞鴨魚肉絕非日日享用。身上穿的衣褲襪鞋，破綻處處，那有一個銅板供我揮霍！

最近脫口而出的第二句話，不意也遭到愛妻的冷言熱諷。入冬天寒，伊教我在面上敷點油膏一類的化妝品，以免「皮開肉綻」，令人恥笑。我很不以爲然地說：「還要弄個油頭粉面，眞是的！」不料伊在我身邊揶揄曰：「油頭粉面？您這副尊容怕一輩子與這四字成語無緣了。」善哉！大矣哉！自己雖則從未以潘安之貌自詡，也一向看不上甚麼油頭粉面人物，但是肯定是絕如吾妻所說，一輩子不必有油頭粉面之想了。油頭粉面，其實也是有條件的，並非人人可爲。如今也，我調侃妻曰：「那我就我行我素，賣我的老臉。何如？」伊但笑不語。

於是乎我就想到「甚麼時候說甚麼話」這句話來。中國人喜歡套用成語俗句，聽者也未必如我妻者有心，大家心照不宣。但是，我有一回在舊金山的水族博物館看魚類動物時，卻被旁邊兩位中國人的言談弄得不知如何是好。其一說：「那條肥頭大耳的（哪兒來的耳？）清蒸不錯，紅燒也行。」其二說：「我看還是那條黑白花的好。顏色不宜太鮮活。」嗚呼！豈只顏色不宜過鮮，他們的語言的是太鮮了。做了這麼久的中國人，從小困苦，困到中年，到了二十世紀的尾巴上還在窮上蹀躞，唉！

大陸來的學人，很多喜愛足蹬布鞋、不刮鬍子，滿身滿肩頭皮屑。他們常說，人最貴的是腦子，打點外表爲甚麼那麼要緊？我告訴他們：「中國話說『人要衣裝』，就是這個道理。你們所說不差，但是『君子固窮』，並不是鼓勵你們寒傖。」到了美國，不能再談文化大革命的理論了。

——一九九二年二月十三日《中華日報》副刊

弄巧反拙

年輕時讀韓愈的文章，讀到「而視茫茫，而髮蒼蒼，而齒牙動搖」一節，心中便不期然聳立起一個「糟老夫子」的模樣來。那時同學中的長輩，有許多都是如此這般。而我尤其回想起抗戰時在貴州安順縣華嚴洞寺中的一位老師父來。他不但「齒牙動搖」，而且是上下牙齒全掉光了。吃飯時但用上下牙床奮力拼磨，兩片乾癟的唇，緊緊包住一口糧食，慢慢地工作著。

那個時期是中國人的艱苦期。不要說「打落牙和血吞」，即使成人完好健全的牙齒時有脫落，便也任其自去，依舊唱歌說話談論咬食吞嚥無誤了，大家也不會特意去注意某人竟會如此。之後，抗戰勝利，我家由鄉壤僻遠遷至大都名邑，凡牙齒脫落的人，都眾口鑠金，閃露著金晃晃亮堂堂喛洋洋的義齒。大概是由於抗戰艱苦吧！我那時最喜盯注別人張嘴咧唇時飛金的優越感，覺得那跟「大丈夫」一詞似乎是天造地設的一對。再後來，抵臺以後，充分接受了教育的正規和完整性，而且美學概念也已逐漸成型，「眾口鑠金」才居然被「不屑一顧」了。

但是，無論如何，配金牙的風光總在我強壓下去的記憶中閃爍。這次，當我年近花甲之齡的時候，居然有一粒犬齒旁的小齒鬆動頻搖，於是便不期然綺麗遐想到將患齒拔除後必要鑲上一顆金晃晃的假牙，思欲「單口鑠金」一番了。

當我把這自少幼時就隱藏於心的大祕密透露給妻的時候，伊面色寡淡地只漫應了一句：「太可笑了。」我因未獲得正面的答告而逕去詢之於我的牙醫洪大夫。渠說：「尊夫人說『太可笑了』並沒有錯。我只想把那個『太』字衍掉。老實說，金牙實在不太美觀。」我的長年遐望夢想破了。洪大夫不予合作，肯定此夢難圓了。他大約也窺出了我意不能平的姿容，遂和緩地說：「金牙的時代已經過去了。現在的假牙簡直可以亂眞，形狀顏色都會令你不能相信。」就這樣，我接受了洪大夫的關說，決意請他高擡貴手，爲我的「齒牙動搖」助一臂之力。

洪大夫說，我的牙在我這一輩人來說，已經算是「很不錯」的了。我說我的牙當年飽經鹽患，他笑問何解。我說，抗戰期間，避亂西南，所在之地牙膏價昂，且貨色不多，極難買到。常用之洗漱劑是牙粉，牙粉青黃不接時，便以鹽巴代替。貴州沒有沙鹽，都是岩鹽，巨石一塊自市場攜回家中，先用鋤頭敲砸，然後放入小石臼中舂細，這就是食用兼刷牙清潔用的淨鹽了。

洪大夫打趣著說：「你運氣不錯。居然沒得高血壓，身強力壯。」我說，吃過抗戰苦的，大約世界上便無「苦」之可言的了。即使因此罹患高血壓，我也覺得是一種無上光榮。

洪大夫的療牙手術共分四個進程：其一是拔除患齒；其二（二週之後）打磨患齒兩側健齒，並將其削小鏟尖。因施工聲勢浩大，一如修築馬路時先行鋪設下水道工程，轟隆有聲，砂土橫飛；其三是再一週之後，打模精製義齒；其四是義齒裝承，進而大功告成。我於四個進程獨對第二進程心懷切切，原因是患齒兩側的兩粒健齒，平白蒙受殺身之禍，慘被削小打薄了套上供支撐義齒之用。洪大夫於功成之後授鏡，要我自覺。張嘴看視，不禁悲從中來，原來兩齒已被削尖，彷彿倒置的鐵三角了。伶牙俐齒，此之謂歟？莊某平生雖夠不上此一四字成語，但不意竟成了伶牙俐齒之人，這難道與我當年嚮往「眾口鑠金」，是不該圖盼的懲罰麼？話說洪大夫爲我鑲裝上「權且使用（tentative）」的義齒之後，以紗布一塊折疊三遍要我狠狠咬住。我咬牙切齒地對他助手克莉絲汀小姐說：「我咬牙切齒的對象乃洪大夫也。」三人相視大笑。

話說鑲裝義齒之後，感覺就跟戴了手套洗臉、穿了衣褲沐浴一般，甚覺多此一舉。當時考慮是否拔了再鑲之時，妻曾正色建議不必再受皮肉之苦，乾脆坦承老態，任其自然。誰能保住今後此事不會層出不窮？但不知何故，余但以口慾旺盛爲由，告以想像欣賞小籠湯包時無義齒匡助之無奈掃興，伊遂未再堅持。而殊知適得其反，義齒竟成包袱累贅，小籠包湯汁浸漬義齒四周，居然毫無愜美快意。嗚呼！義齒義齒，至少我希冀其能金光閃耀，讓我多少達到某種程度的自尊！

——一九九三年七月二十七日美國《世界日報》副刊

口福？口誅？

自從「男主外，女主內」的傳統思想逐漸解體式微，自從男女平等的西方新思想傳入中國，自從女性走出廚房的覺醒加速社會變遷以後，尤其是「女強人」崢嶸展示身手以後——在中國社會，一項鮮爲人道及，亦鮮爲人注意的事實，於焉發生了。那就是家庭飲食習慣的更易，已經愈來愈明顯而普遍了。

早先的清粥小菜，或湯麵、饅頭包子，或豆漿燒餅油條，都漸漸（特別是城市之中）被牛奶麵包取代了。

洋人喝的牛奶都是冰鎭冷凍，自冰箱中取出倒入杯中卽可；麵包則是放入烤麵包機中，將開關按下，俟其彈跳出機，塗以牛油果醬，送入口便可。如此這般，一個小學兒童都能自理，而無須父母爲之張羅了。

早餐方便，可以自理，那麼午飯呢？洋人午餐用量不大，通常是三明治一個、生菜蔬果若干，或披薩一塊、熱狗一條，佐以汽水、可樂、啤酒，卽算滿足。

這種飲食方式及觀念傳入中國之後，「大吃一頓」的情況乃稍見節制，俟速食業興起以來，清粥小菜及包子饅頭都被比了下去。

對於某些崇尚西方文化的人，更彷彿不吃牛奶麵包便不懂飲食文化，這樣的東西一下子變成了「教育」的翻版。晚餐於是跟進，大家紛紛朝「營養」的方向邁進。

因此，許多中國傳統佳肴全被另眼相看了。用油量受到節制，材料增加了斟選，白肉取代了紅肉；牛、羊、豬四蹄腿的動物遭到「謝絕」，不但不食其肉，連內臟全免了。

在海外的中國人，一般家庭的飲食，就我二十餘年來在美生活的觀察，深覺已經受到了兩種因素的影響，而不幸向著負面發展。總的來說，其一是「由繁入簡」，其二是「趨於寡淡」。

先說前者。由繁入簡在於兩方面：一是由中國傳統菜肴的繁複多樣逐漸步入單純劃一；另一則是由於家庭主婦的身分調異及時間觀念的變換而產生精簡步驟。

某些家庭，因有老一輩的同住，飲食習慣一時無法西化，子女深識大體者，尚能盡量以中餐滿足上一代需求。然而，在體制上仍有所精簡。比方說，我的朋友中就有以「一品鍋」侍奉二老的。

所謂「一品鍋」，乃變相火鍋也。白菜、豆腐、雞肉、魚片（無肉是爲了衛生條件）、粉絲、冬菇……待清水在釜中煮沸，悉數倒入鍋中。無鹽、無油、湯菜兼有，稍稍蘸染一點醬油，熱呼呼，連湯帶飯，一氣呵成。在形式及準備上，極爲方便。而且保持傳統形式，不致使老人家過於失望；在理論上，無鹽無油、清淡寡味，健康衛生第一。

這樣的菜式，顯然不能滿足下一代及自己的需求，但在「時間即金錢」的信念下，咖哩雞蓋飯、牛肉漢堡、披薩、炸雞、三明治及罐頭速食湯等，便應運而生了。

至於趨於寡淡，此乃大勢所趨，莫可抗敵。西方的科技先聲耳濡目染，久之便在生活中豎起白旗，無鹽無油，清心寡欲。一碗沙拉，素菜調料都有，經濟省時，何樂不爲？女強人有此，第一保持身材，顧全健康；第二省時省力，更可衝刺，進退無阻。

可是，在我的朋輩中，居然還有大漢意識高張，不願在飲食上甘受西風美雨滋潤者。他們的飲食習慣，還保持了相當的傳統。

比方說，在名目上，他們還存留非常令人心曠神怡的菜名，諸如「西湖醋魚」、「東坡肉」、「宮保鷄丁」（此間有些中國餐館，在菜單上公然印著「公爆鷄丁」，我的一些朋友甚至有當場掏出鋼筆爲之更改，或告諭店家者）……等。

不過，可能也就是由於一絲不苟太過其甚了，有時難免矯枉過正。

比方說，某次朋友之妻在家宴客，菜式極佳。待上了一盤「清炒芥蘭」時，忽面露赧顏向客人致歉，道：「本來是要請諸位一試『清炒菠菜』的，可是在菜市場買菜時因一時分心，拿錯了菜。很抱歉，請大家原諒。」

遇著了如此誠篤的女主人，這眞是客人的三生有幸。殊不知男主人居然認係奇恥大辱，沈臉以鄙夷的口氣說：「請大家嘗嘗千古名菜——芥蘭菠菜。這可是我家娘子獨創的菜式。請便請便！」

本來，女主人誠實得已經一字不落，令人生敬。而男主人竟連一點幽默感也沒有，還要冷嘲熱諷，自以爲風趣。人在福中不知福。女主人居然不懼痲煩、勞累，在家躬親下廚饗客，有此等造化的男主人，怎麼會說出那麼沒分際的話來，頗令人費解了。

但是，也有相當有急智的男主人。比方說，某次某友召飲賜飯，女主人煮的「痲婆豆腐」用的是超軟豆腐，下鍋翻攪太過，豆腐已呈碎碴狀。菜旣上桌，男主人將眼鏡向上一推，笑吟吟地說：

「這可是我的那一半，特意爲大家做的『奴家豆腐』。當年抗戰，在重慶糖果店有一種糖叫做『奴家糖』，是一種花生軟糖，包在玻璃紙內，狀似金塊 nugget，『奴家』二字是音譯。我願在此另外定名爲『遍地黃金』，因爲大家都在金色的加州，討個吉利。」令客人皆大歡喜。

在中國大陸，經過社會大改造；在臺灣，經過西方尊重人權，特別是男女平等新觀念的洗禮——婦女走出了廚房。以我去年返臺的觀感，似乎很少家庭主婦能燒出一手佳肴來了。在家都是胡亂吃吃了事；請客就步入餐館。

口福既少，我認爲男主人千萬要學學辭令，身在二十世紀末的社會，若還是十五世紀的頭腦，可眞是不識時務的可憐蟲了。口誅之可也。

——一九九四年六月二十六日《聯合報》「繽紛」版

假如我有兩個胃

小時做夢，經常是噩夢連床。醒來在黑漆的房裏盜汗。小便脹了，也竟不敢起來入廁。做噩夢的原因，是由於精力富足，想入非非，而現實卻無法配搭。所謂「萬念俱灰」，於是就到夢中去奢求，實虛易位。怎知虛幻之中仍是茫然一片，自青雲裏翻滾下落，那就是噩夢的源頭了。

抗戰以後，日子變了，至少生活環境中不再被「恐懼」擴噬。一己的理想，也大都循順著合理的思緒向上綻放花朵。彷彿牽牛花一樣，早上和露迎日綻開、攀騰，到了日暮時候，嫣謝下垂。但翌日清晨，則又與旭日一齊東昇了。從那以後，我便沒有做過噩夢。

近時的夢則大多是舊人新事。夢中人物很多早已謝世物故，但竟與之在夢中言笑如初，發生了一連串的故事。那些故事，待醒覺之後，發現泰半也是故人生前與我談及道說的片段。比方說，吾友高恭億在世時，不止一次與我道及北京的小吃。稱說等待有朝一日與我同返故都，由他作嚮導，騎車帶我吃遍北京各地。我好吃，而恭億懂吃，我們自是最好的「哥倆好」。某夜得夢，人在家鄉北京，而恭億居然出現。他那和藹的微笑引動著我，兩人遂踏著自行車出發尋吃探勝。

最近看過大陸的電視新聞報導，拍攝北京鼓樓一帶的食街，名目繁多，不禁令我食指大動。食指大動固然，可是胃的承受力確係首要顧慮。以前飲食過量，消化不良，每用「強胃散」（而且還認定服用張國周先生的方子）。棲遲域外之後，中藥難得，於是改用西藥，諸如「通嘛」（Tum）、「擺不脫，必撕磨」（Pepto Bismol）、「美樂死」（Maalox）、「我兒克亞・速舒爾」（Alka-Seltzer）等，都是「化氣」猛將，一經服用，五內舒暢。但不論若何，這總是「兵來將擋，水來土掩」被動式的禦法。如果我有兩個胃，有一妻一妾的齊人算個老幾？他那竄往墳頭吃人家祭祖用的酒肉的行徑又有什麼値得誇耀的？

要是我有兩個胃的話，那我就是天下飲君子冠軍及名副其實的「大胃莊」了（婚後妻因我嗜吃驚人，曾建議錄用英文名David「大胃」爲名）。換言之，我也就是貨眞價實的酒囊飯袋了。我不要做時下被人譏訕的假酒囊飯袋，飲食並不得足，且也不懂飲食，卻被人挖苦訕笑。駢渠道人《薑露庵雜記》云：「蟹生而母死，爭食其肉，水族之梟也。」我喜愛食蟹，一向是據此而理直氣壯的，對於這種不仁不義的渾賬東西，我從不管保護野生動物人士的看法，食無憚也。楊牧贈我「酒蟹居」楹聯下聯亦云：「達人啖蟹，厭他橫行。」我是吃定了。秋高氣爽，持螯大啖之季也。於此時，柿子上市，金黃媚柔，亦吾所欲也。但中醫云，蟹柿二物皆主寒，不宜同時進食。似此，假如我有兩個胃的話，小時候說的順口溜「食歸大腸，水歸膀胱」就各得其所了。

俗有「胃氣痛」一說。即是在心理上先有不順心之事，飲食之後胃的承受力消沈，於是覺得「氣脹」。古人謂此爲「不得時宜」。假如我有兩個胃的話，就可以拿一個去裝氣，另一個則肩負四方，天涯海角，做我的饕公逍遙遊去，不會有「一肚皮不合時宜」之苦痛了。

人不能三心二意，我但求有二胃，似不構成大逆不道之譏。何況這僅止夢想，如果人連夢想的機會自由也被剝奪，我想，連共產黨也得承認是大失敗了。

——一九九四年二月二十二日美國《世界日報》副刊

重做一次新郎

我必須先作聲明，本文篇名可以更改一下，書爲〈重做一次新娘〉。我這樣說，完完全全是基於男女平等的觀念。只因爲我生而爲男兒身，不能亂改題目，故特爲申明。

〈華副〉的專題是「如果再年輕一次」，這「如果」眞是設想周全，排除了一切困難，讓你說實話，說心裏話了。如果沒有「如果再年輕一次」這七個字，那麼，我要再做一次新郎，那一定是負情漢，是風流鬼，是打野食，是破壞婚姻法的混賬東西了。而之所以如此，是因爲當今地球上的國家，大抵都是一夫一妻制的，一個有家有室的人，誰要是破壞了這項善良風俗，便要被繩之以法。一夫一妻，已經成了有家室的人的基本人權了。所以，用了「如果」這樣的假設語氣，基本上我們是認爲它絕對不可能眞成立的。既然如此，我似乎應該對編輯先生的要求盡量的合作，表示誠意了。

我在前面說，「重做一次新郎」，這跟「如果再年輕一次」是互爲關切的。換言之，如果沒有「如果再年輕一次」的可能，那我的說話就是太有煽動性了，身爲大學教授爲人師表的人，居然恬不知恥倡言多妻，簡直是禽獸豬狗。「如果再年輕一次」，就因爲我們都明知其「不可能」，故可以理直氣壯地表白得「若有其事」。這大概也是文明給與我們的一項「自解」的功能吧！讓我們可以在現實受到文明強硬的包紮後，呼吸一口新鮮空氣來做「阿Q」式的舒懷。

如果我再做一次新郎，或者說如果我再站在紅地氈的彼端，我要做什麼呢？結婚的事不是做了「新郎」就好了就算了。我想要心平氣和地問問那位「太太」：「妳究竟愛我什麼呢？妳能給我的愛又止於何處呢？」當然，我只能再當一次新郎（而實在不知道當一次新娘是何感受），那麼，再當一次新郎，我就會直截了當誠誠懇懇地對新娘說：「我只是一個凡人。我沒有辦法認識世界上所有適合我的結婚年齡的女人，因此我沒有辦法知道妳是不是我眞正的最愛。但我相信妳是，主觀認定妳是，就因爲我已經決定非妳莫娶了。法律上不准我同時娶兩個或兩個以上的女人爲妻（回教國家聽說男人可以娶六個老婆，而不必離婚），所以我死心塌地的愛妳，要娶妳。我希望妳會爲我做世界上最可口的菜，生世界上最高級最可愛的兒女，幫助我讓世界上所有的其他男女（包括已婚的及未婚的）都氣歪了嘴，都咬牙切齒，因豔羨我而想犯罪。我們的生活呢？我不能賺大把大把的鈔票供妳揮霍，但我可以讓妳不至於連溫飽都發生疑問。我不是潘安之貌，但我有比潘安更令妳（及令人）折服拜倒的長處——我有一張世界上妳再也找不到的臉、看不到的臉，伴妳一輩子（至少理論上如此）的臉。我可以給妳汽車開（但不一定是賓士轎車），妳有能力買妳認爲需要並足以表示妳的長處的一切物質上的東西，我能讓妳住自己的房子（但不一定是像電視《名人名媛》那樣氣派的大墅巨廈），我們每星期至少有一次在外面吃合理的（不是吃金條）餐飯（好吃又有藝術感的餐飲），讓世人羨死我們。」

對了，妳一定會問我每個月可以給妳多少零花錢？我告訴妳，錢這個東西最足以敗壞一個人的氣質名節，但是它也可以幫助一個人達到某一程度的虛榮。我愛妳，所以我不願意也不必回答這樣無學問無聊的問題。妳愛我，才願意跟「我」結婚，否則，爲什麼不跟金塊兒金剛鑽石結婚呢？錢永遠是跟主人或可以駕御它的人共榮的，沒有了「我」，再多的錢對妳都是如草芥一般的。

我覺得任何一個人，都有其不願坦誠表露於人的某些方面。這我很了解，因此妳絕對不必爲此而緊張失措。我只希望妳能像我對妳一樣的對我，把我主觀昇華爲「最愛」。因爲，除非妳跑到回教國家投胎成一名男子，妳永遠沒有那樣的機會了。即使妳離了婚，再結一次，妳能保險這回就是遇見妳夢寐以求的人麼？「夢寐以求」就是百分之百千分之千萬分之萬的主觀語。憑妳自已描畫，那怎麼會是客觀的呢？

我如果找到了在這方面有與我一樣不謀而合的口味，找到了我覺得不作他想的「異性」，如果我再年輕一次，那我一定跟我上面敘述的女性結婚。因爲，我們所有已經結了婚的人，都受困於既有文明法度的控制，變得嘴巧舌尖、眼高心平了。我們都已經失去了眞實，都不敢說什麼，都是大好人了。如果我再年輕一次，我一定再愛再結婚一次，也唯其如此，客觀上我才可以辨別出我現在已有的婚姻是否眞的理想。這是一次畢生可以幸得的第二次機會，我絕不放過。這並不表示我的花心，我只是想抓住給與我們的眞正的有趣的機會，爲什麼我們要放棄？

如果我因此而更愛我現在的太太，那豈非是因比較而獲得的科學的成果？「願有情人終成眷屬」，有兩個異性（我堅決不主張同性）能如此眞誠的結髮爲妻，在這個茫茫浮世，才是最羅曼蒂克的呢！

——一九九〇年十一月六日《中華日報》副刊

童心

在中學讀書時，音樂老師張世傑先生教過我們一首歌，歌名是〈傻大姐〉。我到現在還記得內中的幾句：「她，眞正傻。鼎鼎有名的傻大姐。三加四等於七她說等於八。啊！笑死啦！同學們想一想，豈有此事哪有此理，說鬼話！」三加四等於七，不消說是三歲超級數學天才兒童可以一口道出，卽使是一個正常的下愚都會知曉。萬一「三」、「四」、「七」等數目字說不淸楚，掰著手指頭甚或腳趾頭都能加出來，只要數不過十，不會有問題困難的。

我舉出這個實例，無非要說，在生活中，有許多事，也有許多時候，我們應有一點「消遣」的童心，它可以把僵滯的場合畫面變得稍微多趣一點，大家呵呵俛仰。卽使在心理學上，這也是說得通的療法。尤其是對於不論何時何地何事，極端堅持己見的人，都具有一種潛移默化、不失諸粗魯的功能。

比方說，「黑白分明」這句話，一般來說，是要標榜出非黑卽白的特性。尤其是對於公理、原則、正義這樣的事，自有涇渭分明，不容含糊混淆的解說。出賣黨國朋友就是不忠，不忠就是混賬，沒有什麼兩者之間的辯解。數學考試一加一等於二，多加一橫就成了三，那就錯了。錯了就是錯了，這沒有什麼可辯說的。

但是，在生活方面，我們並不絕對需要那樣的科學，那樣的鐵面無私寡情。比方說，甲說蒜泥白肉是天下美味，乙說漢堡牛肉麵包雄霸餐飲一業。說來說去，都離不了「吃」是一項極端主觀的意識的成分。那麼，為何相爭得面紅耳赤，甚至破口大罵，劍拔弩張呢？說不定丙就認為白菜豆腐才是食饌美術中之絕無僅有神品。大家聽了不過呵呵一笑，不必堅持什麼。這跟一加一等於二完全扯不上相干。

我說過，「黑白分明」這句話，如果不站在邏輯層次，在生活實情中，似乎就可以加上「其間曰灰」這麼一條。在色調上，黑白之間，必有灰色。否則，在蛻變過程中——在從黑髮轉為白髮的過程中，太多人會因先有灰髮而蒙「不白之寃」了。不要過分堅持，這道理有如在生活中的一些細節滴上一點滑潤油，誰都不會有所偏失。我吃我的蒜泥白肉，你欣賞你的漢堡牛肉。何爭之有？

在黑白之間加補上「其間曰灰」一條便是生活的藝術。既是藝術，就不能斤兩分毫必爭，否則，就不是「術」了。在生活上，「術」占了相當大的比重，不管登龍術、御妻術、跡術……這都沒有一加一等於二那般的死板不變。童心也者，就是要讓自己有可供轉圜的餘地。予人方便，予己方便，正是此理。

童心的最大最妙處，就是讓人知道你是故意打圓場，不要尷尬場面出現。別人一句「××童言無忌」，就千了百了了。比方說，某人唾沫橫飛，正在大肆吹噓老王賣瓜。某甲突然抱肚彎腰，連道：「昨天巷口有一賣臭豆腐的，眞好。一時貪嘴，吃多了一塊。可惜此公衛生條件不太講求，吃壞了肚子。對不住得很，小的這就……」大家心照不宣，一陣「童言無忌」，便把淒風苦雨化作了朗朗日照，歡愉收場，一哄而散。論功行賞，某甲該被封爲「智多星」才是。

童言之功大矣哉。不但如此，我們還應具備聽別人童言的雅量。有人喜歡開人玩笑，但別人開他玩笑則認爲不可。童心也者，無底洞也。有了這無底砂鍋，你的生活定當逸趣橫生，無往而不利了。

——一九九四年一月二十四日《中華日報》副刊

情理並重

當年投考大學，我因爲數理總無起色，也由於長久以來偏愛文史，於是在高三文理分組時就「自甘墮落」地入了文組，考大學時順理成章，也從乙組入手了。

數理是絕對毫不留情的，絕對地貫徹理念、六親不認。大概這也就是與我生來「情理並重」的哲學觀有違，所以我棄理從文了。初入大學，我是攻習法律的。凡事有「律」，其無情不言自明。我終於不甘情之被棄，於是改攻文學。

文學重情，這是天經地義。但文學並不是濫情的東西，彷彿棉花糖一樣的缺乏個性。個性就是與「理」牽動，不可或缺的養分了(情)。我們看蘇東坡的詩文，覺得意氣風發，颯颯英姿，情理兼顧，而令人詠嘆。「也無風雨也無晴」，是那樣呼之欲出，寓理於情，動人心肺。那〈水調歌頭〉，借月而寫出一腔人情，古今爲之聯貫，天上人間，一氣呵成。蘇東坡是才子，他的詩文，縱使我們譜寫不出，但也並不礙於拿來一看。仔細琢磨，悉心推敲，經之營之，定然多少會有一些好處的。

現在的青年作家，最通常犯的大毛病，就是薄古厚今。他們總認爲古就是舊，舊就是糟粕，糟粕就該拋棄。糟粕該當放棄毀銷，我舉雙手贊成。但是，不通古文，尤其是寫散文的，不讀古典詩詞文章，不求鍊字琢句，不知如何表達情感，怎麼可以期待寫出好東西來？

古典與現代，是一體之二面，完全不能分隔的。更不能斬之而後快。因爲所謂情與理，都是亙古不變的。「月有陰晴圓缺，人有悲歡離合，此事古難全。」不是嗎？如果要表現這樣的「情」，讀過蘇東坡的詞，這樣靚麗的句子就涓涓流出，何須要把中國的方塊字去加以重新組合、重新疊造、重新表現呢？再怎麼重新表現，也逃不出蘇東坡的十七個字的句子了。再說，爲什麼蘇東坡的句子我們就不能用呢？蘇東坡表達的情，難道不是我們千秋萬世共有的基本情嗎？「自是人生長恨水長東」，李後主的詞不是那麼清澈的流入了我們的心田麼？

所以，我認爲要把散文寫好，非好好習讀古典詩文不可。名流行歌手羅大佑先生有一首歌，很好聽。歌名是〈穿過妳的黑髮的我的手〉，讓人覺得累贅極了。中文就是中文，不是英文。再怎麼現代，也不能把中文硬糟蹋重組成這般令人氣短！歌詞也許就像詩句，有時是稍稍不合語法的。但寫散文就不可以了。中文的散文是用中文方塊字來寫的，我們搞出莫名其妙的英語句法來，絕對不可以。這不是「現代」，這是中文太差！

還有一點，我注意到現代中文的一些虛詞語助詞，現代青年全不用了。的、了、嗎、呀、得、等統統不見了。這些我們表情達意必須借重的東西全都遭到廢置。而青年作家們專愛用許多連自己也不能全然掌握的形容詞彙，如「夢」，如「水」，來攪和我們純眞的情感。有時想說理，但又說不清楚。如果純說理，我們就寫論說文，讀論說文。散文不過是寓理於情，不失文學的柔美嫵媚，來抒發靈性的理念與動人的眞純感情罷了。

要表情達理，切忌勿濫。現代青年寫散文另一大病便是不知收斂。以前，我的中學國文老師改作文總是大紅筆一揮，塗抹掉多少自認爲是「敝帚自珍」的詞句。現在覺得老師的方法眞對自己的寫作有巨大助力。我認爲，現在的國文老師，很多也是不合格的。他們根本就不知道什麼是好什麼是壞。青年朋友們！請虛心，錬字造句，一定要有古典修養。古典是骨，有了骨，才會「骨肉亭勻」。

好的散文，一定是情理並重的。古典文學便是培養一個現代作家具有超常的悟性和感性的基礎。適度地寓理於情，才能調和陰陽，剛柔互濟。感性強壓理性，其文必膚淺而缺欠內涵，其文必俗濫不堪讀。但理性太偏而少感性，則非矯卽滯，甚至透著虛僞了。就時下青年散文作家而言，基本大病在於濫情、虛情。他們專愛借重西式語法用形容詞表情，完全不能達意。我在前面說，一些常用的語助詞及虛詞，如果能夠掌握運用自如，那就成功一半了。

下卷／世事

排隊瑣談

1

從前上小學的時候，每逢開學辦理註册諸事完畢，在走進教室前的頭一件事，就是在教室外邊排隊。按照高矮站成一列，然後報數，再由隊尾最矮的同學先行入室落座，於是一年就這麼定規了。

除了這一年一度的初次排隊之外，在學期中，每週還有一次固定的排隊，那就是每星期一的國父紀念週時間。全校師生集於露天禮堂（我初讀的小學，是抗戰期間在貴州省安順縣由英庚款董事會辦的黔江中學附屬小學。時艱資匱，沒有禮堂，紀念週其實都是在四合院一樣校舍的天井裏舉行的），各班學生依年次列隊前往，低班在前，高班在後。那時沒有擴音器麥克風一類東西，排在後面，前面說話人的聲音雖可達於耳際，已很是微弱的了。因此，站在集體隊伍兩側負責糾察的老師，大多移玉趨前，於是後邊的「老大哥」們，就得(露)天而獨厚，可以享受有限度的竊竊私語、偷吃芝麻糖棍等等的自由了。

猶記得當時對高小老大哥們的仰羡，眞可以說是「山高水長」。山高者，高班人物，仰之彌高，不可攀也；水長也者，想像站在露天聆訓的隊伍後面，可以從容享受芝麻糖入口的快意，不禁涎水三尺，長流不息也。可惜事與願違，好不容易盼到了「老大哥」身分，卻因戰局吃緊，就跟隨父母狼狽逃難入川，便永遠失去了站在隊伍後面、大庭廣眾之中、談笑間，脆甜在口，糖棍霎時化爲意滿心足的機會了。我最早的排隊印象，似乎是帶著某種程度的遺憾的。

2

勝利以後，終於在民國三十六年自渝返京，那時候已經是初中學生，學校裏對紀律的要求比早時嚴格許多，排隊漸然成爲一種生活中的形式了。而且，不但完全失去了童年對此產生美好憧憬的浪漫情懷，竟覺得排隊是加之於人的自由生活的枷鎖桎梏，非常的不悅了。比方說，到電影院去看電影，就得排隊。某些受觀眾喜愛的影片，更得及早去排，而有時排了許久尚且毫無結果。我就有逃課跟同學到中央大舞臺排隊爲了購買《一江春水向東流》的電影票，奈何人小力單，不但被擠出了排了一小時以上的隊伍，還落到擠丟了錢和一枝鋼筆的慘痛經驗。

翌年，國共和談破裂，北方戰事失利，金融波盪、物價飛騰。政府改幣制，發大鈔，卻遏止不住頹勢。那時，電影院前的長龍短了，人都爭先排隊購買柴米油鹽等實物去了。千元面值的大鈔朝夕之間貶値得幾如廢紙。買幾塊豆腐乳、打一斤菜油、糴兩斗米都大排長隊。這時，排隊不復是紀律的嚴格要求了，也非被動地由人暗中注視糾察的了；而是自動的，基於一個重要目的，近乎本能的、強烈地被慾望驅使著去爭取所使然的了。這是我對排隊所產生的第一個深刻的修正印象。

此種印象，於我到了臺灣，成長以後，便有了進一步的觀察認知。

在五〇年代及六〇年代早期的臺北，有兩種日常最常見的排隊現象：等公車和買電影票。等公車如果是在晴天朗日，氣候適人的春秋佳季，候車的隊伍，雖未可云整齊，尚能維持一定形式。車來之後，先下後上，大家倒也勉強保有百分之六十的君子風度。我說這話，是登車的人，大多數具有謙懷，有人搶先插隊，由他去了。可是到了炎夏溽暑，酷日當頭；

或霪雨多寒，冷風襲身的時候，在車站候車的隊伍就首尾莫辨了。站牌下先站了第一名候車人，彷彿狀元，而第二名候車人及第三名候車人卻是各站在第一名左右，彷彿榜眼和探花，變成兩個第二名了。等而次之，後來者向兩頭接龍，四個進士、八位會元……俟公車衝雨濺泥而至，門開時，隊形忽然瓦解，成爲一群爭啄雞雛。最後的情形，很可能是「後來居上」，狀元郎被拉下榜，小人得志，而君子落難了。

買電影票也有一番聲勢氣概。先是大家從容排隊，或放眼街景、或定神讀報、或精挑細選愛國獎券，總而言之，狀至悠閒。半小時後，人聲漸囂，隊形開始扭曲，隊中人親友漸至，大舅子、三姨媽、表兄弟、堂姊妹、同學甲的弟弟的女朋友、巷口牛肉麵攤老張的小妞兒……先後到了，你託買一張，他託買三張，於是乎局面逐漸由小康而衰敗了。未幾，黃牛數頭赫然出現，不知用的什麼方法，一下子牛頭就鑽到了隊的前端，昂昂然拋頭露面，牛首是瞻了。接著，有人高呼警伯、小二子尖聲叫娘、某君「三字經」脫口而出、有人喊打，你在隊中忽然覺得腹背受敵、衷腸焚熱、呼吸困難。而情況終於 get out of control，後面姍姍其來遲的眼見大勢已去，先君子而後小人，強擠硬插，揭竿而起，天下大亂了。

現在回想起當年等公車、買電影票，因排隊而產生的惡劣印象，仍不免感觸萬千。但是，如果細細思考，加以分析，其所以如此的道理實也極是簡單，得一「貧」字。管子說：

「倉廩實而知禮節。」正是。貧者，不足之謂也。大眾經濟交通工具，在一個七、八十萬人口的臺北，端靠公車。該時國家財政仍極艱窘，一般人民收入有限，雖可乘坐三輪車，畢竟是所費不貲，非敢輕易爲之的。而看電影也似乎是市民所可負擔得了唯一的大眾娛樂了。人多，影院有限，交通工具短缺，都是爭著滿足自己的需要，排隊是客觀上不得已的舉措，而打亂隊形則是主觀上的心理問題。

同樣的情況，在今天的臺北，基本上就有了長足的進步。我於一九七七年以來，先後回去臺北三次，公車既坐過，電影也看過。由於經濟環境的大異，三輪車不見了，計程車遍處皆是，市民生活較前富裕殷實。爲求快速舒適，可以不必再去排隊恭候了。何況有私家汽車的人多不可計，自行車也鮮有所見，交通工具的多樣化與精進，自然減短了等候公車的隊伍。而卽使公車來了，大家也都能良有風度，基本上可以「魚貫」依序登車。電影院前排長隊紊亂擁擠的局面也大有改觀，因爲民生日足，娛樂消遣的去處及方式也多了。再說，家中寬衣脫鞋、杯茗在手、一煙繚繞，坐在電視機前觀影，就不必去排隊湊熱鬧或自尋煩惱。

3

移寓海外以後，由於整個生活的大環境變了，許多久之習以爲常的現象竟也消失。比方說，排隊等公車的情形沒有了，電影很少看了。卽使偶一爲之，除了湊熱鬧趕首輪也許稍有排隊購票情形外，臺北西門町電影院前的盛況是不曾有的。

但是，生活形式的改變，卻使我在許多其他方面，有了新的排隊的經驗。而這些新經驗，正好幫助我把原先對於排隊的負面印象加以掃除。

我在美國日常生活中經常需要排隊的地方有幾處：超級市場、銀行、郵局。每次我站在隊中，依序緩緩移動，我一直在注意著一件事情，那就是幾乎所有排隊的人都狀至悠閒，從容不迫。你聽不見性急不耐的人嘖嘖煩言；永遠看不見有人插隊。非但如此，時常隊伍中斷成數小節，也不見有人投機塡補。而且，卽令佇候稍久，大家也都表現高度涵養，很少面現不悅之色的。前後素不相識的人，經常彼此會心一笑，妙語數句，幽默輕鬆，自然就心平氣和了。

但舉一例以明。某次，我在一超級市場付款處排隊。因係周末下班時間，顧客多而都歸家心切，我那一隊最前面在付款的是一位老太太，她買了大約十塊錢的東西，所付的是數大把一分的銅幣。店員見狀雖哭笑不得，而仍然露齒微笑，一枚一枚的把銅錢數清，同時語出幽默地對老太太說：「謝謝您的周到。您大概想像不到等一會兒如果我對後面的顧客找不出零頭時的窘態，但您現在已經替我解了圍了。」話剛說完，站在我前面的一位中年男子突然回過頭來，擠擠眼笑呵呵地對我說：「那天我也把攢了兩年的一大罐銅角子帶來，挑個週日，揀人少不擠的時候，來領受店員親切的道謝。」此語一出，立時博得了我後面數位心躁但故作鎭定的人會心一笑，大概不會再有人把這個疙瘩放在心上了。

在銀行或郵局排隊，有時一個人往往跟承辦人周旋數分鐘甚或十分鐘以上。說也奇怪，我從來沒有一次遇見在隊中站排的人的嘖嘖煩言，或面露不悅，或長吁短嘆故作不耐之聲的表現。隊伍仍是稀鬆蜿蜒，彷彿一條吃飽了的蛇，徐徐徜徉草叢間。絕不似中國人排隊，後面的人總有一種前仆後繼冒險犯難的大無畏精神，向前推進，一條隊伍就像在張滿了的弓弦上的一枝箭。我細細思索箇中原因，開始時是繞著「衣食足而知榮辱，倉廩實而知禮節」的觀念解釋，但這對於臺北衣食富足卻在排隊時仍爭先恐後的情形，怎麼解釋呢？是我們的教育不行嗎？抑是中國人眞不幸有所謂的「劣根性」不知自愛？我想都不是的。因爲，如果那是眞的話，爲什麼在海外（至少在美國）的中國人在排隊時都雍容有度呢？

我終於想通了，因爲美國人排隊的良好表現，跟櫃檯內承辦人的態度有直接關係。承辦人總和顏悅色，柔聲輕音，這已經給排隊的人一種心理上的保障，減少了煩惱不耐的衝動，此其一；其二是大家都明白，事無巨細，每個人都有充分掌握住輪到自己時把事情辦得心滿意足的機會，所以很自然地對別人把握機會的時候，便作了應有的承認及諒解。如果往大處說，這也就是民主制度下，個人主義發展的結果，仍然尊重其他「個人」的關鍵所在。在如此的大前提下，彼此尊重的觀念牢牢在心，風度自然適切表現出來，而無須爭先恐後、排擠他人、患得患失了。這「患得患失」的心態，可能就正是中國人在近百年來，對於長期的政局動盪不安，內亂外患所造成的驚恐，而引起的本能反應罷！回想在抗戰時有善人對貧疾人民施粥時的暴搶狂奪的現象，在南京時排隊搶購的情形，以及當年在臺北等候公車、買電影票爭先恐後、患得患失的事實，都有了答案。

心理學上有「行爲主義」（behaviorism）一派，其理論大致謂：環境乃是造成人類及動物行爲的基因。這種科學的解釋，當然較諸許多毫無根據，只是氣短而妄自菲薄，批評中國民族有先天劣根性的說法，來得持平有意義。在一個大開放的社會裏，物質富饒，人在精神與物質生活各層面都有健全適度的保障，自然不產生患得患失的心理了。在中國大陸，期待那種生活環境的出現，至少在現階段是沒有可能的；而在臺灣，社會正逐步朝向開放發展，倘再稍假時日，在人民已有的實沛的物質生活基礎上及在精神層面得到了相對的調和，到了那個時候，「排隊心理」一掃而清，我們就可以看到美國這樣從容安閒的排隊場面了。

——一九八四年一月《益世》月刊

我住忠孝東路上

1

前數次返臺北，都住在市郊的士林外雙溪洞天山堂。那裏有一種靈氣，站在屋前看山，看久了，山與我就兩不分了。山張開雙臂環抱著我，近得可以感受到它的呼吸和體溫。那情景就如同白髮老母擁攬遊子入懷，蓊葱濃郁的綠意便是藹善的慈顏，無止境地流露著，浸染得我一身滿臉。耳漱清風，又聆鳥語，目接佳色，胸有靈光，再加上啓智養心的故宮文物，當每天晚上自汲汲營營的市塵奔走之後回山時，覺得跟紮根千尺的老樹一般定靜，眞有返璞歸眞的透心和怡快感。

這次返臺北，一月之內三進三出，都是住在大安區全市繁華之地的忠孝東路四段，與山林相絕了。從前——少說也近三十年了，在臺北做大學生時都住在宿舍裏。臺大地段偏遠，車少人稀，景美還純靜得跟發育成熟的村姑似的，通往鬧市的羅斯福路也顯得寬冷。所謂鬧市，是指成都路西門町電影院那一帶，窮學生偶然走訪，看場電影，在「西瓜大王」吃客冰鎮西瓜，或在大世界戲院對面的白雪冰茶店來一客霜淇淋，都是莫大享受。在鬧市消掉三、四小時後，已經毫無戀棧之心，急著趕公車回校了。那時的生活基調，當得上一個「清」字。每次倦遊歸去途中，我還眞替家居鬧市的人們操過一點閒心，深覺那般日以繼夜的喧騰擾亂日子，縱使是多姿多彩，久之如何生受得了？未料到三十年後自己竟身處這樣的環境中，雖云短短一月，但喧騰擾亂的程度卻數倍於既往，且生活的基調早已由淸而濁，能無感乎？下面就來談談一個月中我所居、所見、所聞、所感的忠孝東路四段浮光掠影印象。

2

忠孝東路共分七段，自西而東橫貫臺北，是通過市中心核臟地帶最長的大幹線。四段乃全路中段，大廈櫛比，路面寬闊，市易興隆，有一種新盛氣象。因聽說那一帶弄巷的高級公寓裏住的頗多知名度很高的人士，於是乎臺北人就把那裏作爲誇顯市容繁華的代表，更有人自詡爲「臺北的銀座」，足見其class之一斑。

銀座是東京傳統的商業區，繁榮非常，舉世知名。臺北目前已經躋身於國際大城榜上，以東亞地域來說，那麼小的一個島上能夠發展出如此大的一個國際性都市來，的確足以自豪。見賢思齊，深諳「他山之石，可以攻錯」的道理，借銀座以裝點自己，多少具有一些「東京、臺北二都，相去不過伯仲間耳」的意味，在國際間打知名度的一點上，是有砥礪作用的。不過，這種做法的心理基礎，應該是建立在「青出於藍而勝於藍」的志氣上，否則的話，沾沾自喜之餘，就難免予人井蛙之譏了。道理極爲簡單，彷彿習王（羲之）儘管達到爐火純青，幾可亂眞地步，究竟不能自成一家，而永遠在王羲之的陰影下。同樣的，國際人士爲什麼不直接到東京的銀座去，而要到臺北的忠孝東路來間接感覺銀座的氣氛呢？

日本自明治維新後，把脖子一扭，自動斷了中國母奶，而調頭吮西方的奶瓶去了。日本人事事效歐美，聲、光、電、化，樣樣迎頭趕，大量的譯介，大量的豐富現代日語的內涵，於是日本文化發生了革新的突變。而最重要的是固有的日本文化精神未棄，只是輸入了新血，促進了生機。西方的理性哲學精神、效率觀念和組織能力，使日本原來受儒家思想與佛教影響所有的家族親情和忠義的觀念以及自省的心性配合，得到鞏固滋壯，擴而大之到國族主義，發展到企圖征服世界，以東方壓倒西方的傲姿掀起大戰。儘管終於戰敗投降，那樣如虹的氣勢並未消失。不服輸的精神表露在經濟方面，以取自西方、優於西方、再還諸西方的循環式，大牟其利，赢得了自尊自信，也讓西方既妒又羨。而我們呢？儒家的大同思想始終停滯在家族宗派階段，從未擴展到國族層面，忠義觀念也僅止於個人家族而已，自省的精神毋寧說是自私的明哲自保與避重就輕。

日本人以「東京的銀座」自豪，是有意義的；而我們以「臺北的銀座」自滿就不免無聊洩氣了。日本人並不把東京的銀座美之爲東京的巴黎、倫敦或紐約，因爲銀座是日本人的銀座；巴黎、倫敦或紐約都是別人的。也許有人說，日本模仿巴黎鐵塔建造了一座東京鐵塔，又該當何論呢？那不是東施效顰嗎？那不是東施效顰！絕對不是！東施效顰是愚蠢、自不量力、弄巧反拙的行爲，而日本人的效顰動機是要賽過西施，是兵書上說的「以子之矛攻子之盾」。首先，東京鐵塔的高度硬是比巴黎鐵塔的高出一截，而重要的是建造東京鐵塔的決心，正如我在前數年一篇〈日本紀行〉文字中說的：「絕不是膚淺的崇洋西化，那毋寧是一種臥薪嘗膽的勇氣表示：我們要讓日本毫無遜色地、驕傲地、自信地，躋身於當今眞正的世界先進強國之列！」

爲什麼臺北人沒有志氣信心把忠孝東路四段營造得遠遠超過東京的銀座，以「臺北的忠孝東路」昂首在國際上打知名度，就像紐約的蠻漢灘第五街、巴黎的香榭麗舍大道、舊金山的聯合廣場、日本的銀座一樣，睥睨獨秀寰宇呢？對我而言，至少「臺北的銀座」這說法，不但未給臺北營造的形象增添光彩，相反的，是令人氣短也自瀆形象的。我們經常以「小日本」譏訕日本，其實，從某個角度來看，這種虛誇的阿Q式精神，正是逐漸走向自卑的「小家子氣」的表現。

3

一個現代化的知名國際大都市，能構成「規模」的基本實體，不外乎人與物。論人，中國是當之無愧考第一的。不過，此處所謂的「人」，是指具有現代標準的文明儀行及國民道德的都市人而言，與人口的多寡無關。所謂「物」，是指樓宇、市招、路牌、燈彩、車輛等「非人」而不可或缺的東西之統稱。現在，我們就這兩方面來印證一下我對忠孝東路四段的印象。

先說人。人分三、六、九等，中外古今皆然。大都市不但不例外，恐怕更是顯得清楚，這情形跟都市的區域劃分是成正比的。拿臺北首善之區的忠孝東路四段來說，屬於數目越小的等級的人應該最多，屬於數目越大等級的人應該最少甚至絕跡。但不幸得很，依我所見，似乎六等的人最多，九等或等下的人相當不少，而三等以上的則甚不多見。所謂三、六、九等，並非是完全以收入、衣食住行條件、社會地位及職業來決定的。我注意的是一個人的氣質與器宇。若是據此爲準，出現在忠孝東路四段上的芸芸眾生，雖云衣著入時，恕我放肆，三等以上的人確乎不多。且舉幾個實際的親身經驗的例子來看看。

實例一：出了我住的華新大樓，右轉到忠孝東路的這十來步遠的三十六弄的騎樓上，停滿了摩托車。原是供人行走的地方，只餘下僅夠一人通過的夾道。騎樓上停放摩托車本來是不合道理的，但臺北的摩托車已經多得罄竹難書、氾濫成災了，法令既然沒有說騎樓上不可停放，於是騎樓就成了當然合法合理停放摩托車的場所。我有數次穿過一排停放的摩托車與大樓之間的夾道時，迎面駛來年輕人騎乘的摩托車，狹路相逢，陷於僵持。我站立在原地不動，而年輕騎士則一再引動油門，轟轟作響，車子以極爲友好而緩慢的速度朝我寸寸逼近。中流砥柱不成，每次只好急流勇退。

實例二：自三十六弄口沿忠孝東路西行，越過敦化南路，到安和路口頂好超級市場附近賣早點的北方小吃店這一段，是我一星期內爲吃早點至少走上三個來回的必經路程。沿途閱人不可謂不多，而所見一般形象殊不甚佳。自統領百貨公司大樓下去，有數家店鋪，外面騎樓下都鑲鋪了洋瓷磚，經常有人目中無人地在洗刷或清掃地面。洗刷或清掃是應爲的好事，但是應該早起趁來往人稀的時候工作，已經到了七時半至八時之間，上班上工上學的人已經給一天的路面奏起繁湊的序曲時仍慢爲之，就不太識「時務」了，也顯得不調。仍慢爲之總比不爲的好，不過，爲了灑掃庭除保持齊家良習而弄得行人晦氣，又不太好了。我有兩次就是在猝不及防情形下，鞋面蒙塵，褲角沾污。

這一段路上有數個巷口，巷口都有賣早點的推車攤販。忠孝東路上是不應該再出現引車賣漿者流的了，因爲這跟都市建設、經濟起飛、人民生活富足的正面形象極爲不符。早點就應該在店裏吃才對，現代化的國際大都市繁華街面講究地段是沒有如此多的流動食堂的。即使中國人太愛吃、太注意吃、從家裏吃到外面以顯示經濟富足，和證明臺北人的現代生活有世界通性之緊張，在專賣早餐的飯店過少的情況下，不得已而吃小攤，小攤的格局至少也應該予人清爽、衛生、美觀的感覺，不能有破舊、髒亂、烏暗的情形。引車賣漿的人，至少該梳洗乾淨，穿著齊整，罩上一件清潔的白圍裙，而絕不可蓬頭垢面、腮頰上倒插著未剃的鬍髭、穿了早該換洗的汗背心和短褲、腳踏木屐（腳趾甲中藏垢）、咧嘴露牙、口中還燃燒著一截煙屁股。這樣的形象是二十年前我離開臺北時看見的，二十年後的今天還看見，就說不過去了。

穿越敦化南路後，終於到了我的目的地——北方小吃店。此店門面不大，臨街玻璃門窗，一目了然，予人爽朗印象。食品質量也相當不錯，都可以考到乙等以上。但是，店內工作人員的形象就頓顯美中不足了。招呼接待客人的是三、四位年輕男女，看來最多二十上下，每人打扮不同，無制服，有的濃妝豔抹，有的皮帶上掛了大串鑰匙，顯得亂。其飲食供應處在中間後方，檯面不高，檯後的工作人亦不著制服，只穿了汗背心，不時以手拭汗，予人懶散粗糙的印象。最糟糕的一點是，收銀櫃的老闆娘儀容言行欠莊，時與工作男女侍談笑，這是非常忌諱的，也就益發顯得效率不夠、雜亂。我在該店還有一次可謂別開生面的親身經驗。某日依例叫了豆漿一碗、燒餅油條一套。正在享用時，老闆娘忽使喚一名男侍取來乳黃色油漆一罐並刷子一把，著他開始油漆未完工的天花板。應該補漆的一塊，恰好介於老闆娘與我所坐桌位之間。但見該男侍拖了一把客人坐的椅子站了上去，就在客人尚不十分踴躍的店中開始第二項工作任務，朝我一路漆來，油漆點點滴滴灑了一地。油漆顏色與我碗中豆漿極其相似，一時忽覺口腔喉嚨之間別是一番滋味，也恐懼漆落碗中，遂急急起立付賬走避而去。

實例三：自三十六弄口到敦化南路這一段的騎樓下，每日下午三時後，各種地攤小販就麕集割地市易起來，嘈雜擁擠，交通爲之阻塞。此種現象，絕非一個現代化國際大城高級地段所應有。我的感想是，這跟二十年前的西門町、萬華完全一樣。二十年的建設進步，只有跟樓宇建築有良好的配合設計的，在這一點上，忠孝東路四段樓宇市招廣告的效果也極爲不好。缺少大氣魄的設計，零碎餖飣，小小氣氣。廣告內容有時也胡寫一氣，字型字體顏色都欠考慮。只給人「這裏有這麼一個東西就是了」的感覺，毫無引人賞心悅目的藝術美感。頂好市場對街一排大樓，高十數層，千窗在招，似乎每一層樓每一窗都有一個廣告或招牌，琳瑯滿目，密密痲痲。我除了得到雜亂無章、支離破碎、不堪入目的印象外，只有反感。

其次談到車輛。臺北交通之糟糕，不但爲國人詬病，在國際上也蜚聲久矣。讓臺北交通背黑鍋的直接原因是摩托車和計程車。摩托車多到遠超過二十年前我在臺北時的自行車，爲數就相當令人咋舌了。但以前的自行車不去跟甲種車纏鬥搏拼，現在的摩托車則不然，仗著體小輕捷，專門在甲種車前後左右耍花樣。彷彿大鯊魚前前後後的小魚群一般。我曾經多次在忠孝東路敦化南路交叉口仔細觀看摩托騎士，大約近半的儀容不是十分令人順眼的，也有的卽使儀容尙可但氣質極不好。這類人的車上不是載人就是載貨，總是超前搶路，勇敢十分。此外，計程車之多，也多到令人生厭。這跟摩托車一樣，都是我在遠東其他國際大都市如東京、漢城、香港所未見的。多也罷了，問題是駕駛人的儀容態度，不客氣地說，又是很多不及格。蓬頭垢面、鬍髭奪人、口嚼檳榔，隨音樂搖頭晃腦跟唱，穿短褲、踏拖鞋，這樣的現象簡直太普遍了。這樣的人，讓他守原則不投機取巧、不左右亂鑽、不狂按喇叭、不搶交通燈，能心平氣和專心開車，豈可得乎？臺北交通又焉能不亂糟一團乎？

前面說臺北樓宇建築基本上予人以不夠堅固牢靠的鬆軟感覺，還可以在建設的另一方面得到旁證。忠孝東路四段的人行道（相信許多別的臺北街道亦如此）鋪了紅磚，要說美觀和一勞永逸，應該是把一塊塊傳統式的長方紅磚嵌在地上，以保千年萬世。忠孝東路的人行道上的紅磚不是傳統式的，大概爲了省工取巧，用的是水泥燒製的四方形大片式的紅磚片，一大片大概可以抵上至少二十塊傳統長方形紅磚。工是省了，也許在表面平整的角度來看，更精緻大方了，可是問題也跟著來了。傳統式的長方形紅磚因爲是整個磚身埋在地下，緊密相依，表面雖不是十分平整細緻，卻有十分結實及樸拙的古典美；而大片紅磚則不然，僅僅鋪裝在地表，加以地基又打得不夠緊實，只能當擺設去看，不能走，一走就東翹西陷了。時間稍久，有的破碎了，部分殘缺了，或整片失蹤了，而不見修補，予人破敗零亂之感。這正好反應了「敷衍塞責」、「粉飾太平」兩句成語，也就說明了中國人基本的做事態度。

走筆至此，說的都是忠孝東路四段沿街的人與物。至於大路兩側弄巷中的春秋尚未道及。如果具實道來，恐怕又等而下之了。騎樓下、弄巷中行人交錯，各種車輛穿插，攤販霸地謀生，露天菜市進行貿易，食攤飯館供人吃喝，鬧哄哄、熱烘烘、臭烘烘，空氣在爆破燃燒。尤其是騎樓下，其景象的是洋洋乎大觀：穿著內衣褲或袒胸午睡的，衣冠不整、坐無坐

雙城記

自從六〇年代北加州的日僑在日本政府向世界推展「大和雄風」的政策鼓舞下，得到本國工商業的大力支援，遂在舊金山的「中國城」西南方大約十多個路口之遙的舊社區悄悄建造起了一個貿易中心後，它於是就像日本國旗中央的那枚火紅的太陽，變成了都市建設藍圖上圓規腳下的立足點，一個小「日本城」便在其周圍開始佈子，終於櫛比而起了。也就是從那個時候起，我不禁寒生心底，開始暗中替我們那座有悠久歷史、一直是舊金山市觀光點(tourist spot)的「中國城」，捏上一把冷汗了。

我既非舊金山市民，亦不住在「中國城」裏，更何況「中國城」也並不是科學家甚或星占者預言下將於本世紀末前必遭強烈地震坍陷摧毀的對象，而居然會在該市以南相去三十餘英里處的一個小城中，為 China town 而捏一把汗，雖不一定是「杞人憂天」，卻也頗夠

「匪夷所思」的了。不然，我的擔怕其實是理由充足的：以前，那中國城雖似半老徐娘，好在是髮妻正室，淑德姑且不論，名分地位倒是無可厚非，未可置疑的。而今家中多了個「小」，地位由絕對易為相對，舊金山的小市民和來自世界各地要花錢享樂的所謂「觀光客」，恐怕就難免心中另有一番籌計，不容易保持過去對 China town 的一往情深了。

對西方人而言，不論是在地理上，或是文化上，他們總是把中、日兩國活生生地綁在一起，相提並論為遠東二主的。打個也許不太相稱的比方，這情形倒一似形影不離的一雙姊妹花，可惜不是孿生。那年歲較大、不施脂粉、穿戴俗簡又木訥嫌老的姊姊，就不像年輕過她許多、濃妝豔抹、裝扮入時、嬌小苗條、流盼生姿，再加上一副伶牙俐齒的妹妹那樣討人喜歡了。

對於舊金山的「日本城」來說，我是「眼見他起高樓」的。其建城伊始，就是計劃周詳的大手筆：先選中了貫穿全市腹臟、通接東西、往來各四線的佳麗大道（Geary Expressway）林蔭中段以北的一片老社區。一口氣以低價買下了縱橫三條街口，拆除舊宅頹宇，改建新樓巨廈。於是橫跨兩條通衢，樓高兩層，兼有廣闊地下停車場的貿易中心，便風風光光聳地矗立了。內有銀行以供外滙證券流通，有大型陳列室展出日本名廠各種精密商品如電視、音響設備、手錶、照相器材等，有服裝店展銷日本國內最新設計男女服裝，有雅致的插花藝術櫥窗，有介紹並經售傳統日本榻榻米式房屋室內所需家具器皿的商店，有明窗淨几、風味道地的純和式料理店，有舊金山市規模最大的外國書店，供應日本國內各書店最新書籍及各種有關日本文化的英譯和英文著作，有花式繁多而不嫌壅塞粗俗的禮品店，有純西式的咖啡廳及酒館……樣樣皆展示了日本文化特色，傳統與現代，調配得宜、井然有序。清爽、細緻、雅約，足以自豪地流露出進步的民族色彩與風格。貿易中心的中央有一個大水池，池中央矗立一座高約三丈的日本塔。塔後有一列旗幡。中心的入口處有一供擊擂太鼓用的高木架。每年「秋之祭」節日，鼓聲隆隆，旗幡迎風展揚，便是動容激情的純粹大和風。貿易中心以北沿街是日本城繁華之處。除大小商店外，有大旅社一、大型菜市場一、影院一、歌舞伎院一、裝潢順眼的料理店數家，都風格獨具。

說起那座歌舞伎院，在七〇年代初剛落成的時候，舊金山的日僑工商鉅子瀟灑地大方出手，以重金請來了全日本最有名的歌舞伎班，在每年秋季定期盛大推出，有意跟每年同季演出的西方歌劇「別苗頭」，來向老美炫示東方劇藝。可惜曲高和寡，也許因爲老美們仍沈戀在當年梅蘭芳掀起的中國京劇流風遺韻中，一時故情難忘而無心接受；末期竟落得個不但稱不上盛況，簡直是門可羅雀的悽慘景象。

猶記得那年我們夫婦會同老友鄭清茂伉儷慕名前往欣賞。進得大門，如錢塘排浪江濤的自動電梯把我們送上了二樓。劇院的經營方式是仿效賭城拉斯維加斯豪華賭場舞臺上演出大型歌舞，觀眾在臺下享受醇酒美食，集視聽之娛和口腹之惠的方式。沒想到自我們入座直到開場，客人一共不足十桌。這種始料未及的原因，也許正應了《推背圖》中推算日本侵華終遭慘敗的歌訣中爲首一句「一口東來氣太驕」所說的，暴露了日本人太過於夜郎自大的島國民族習性。試想：拉斯維加斯的show（秀）是何等富麗堂皇、姹紫嫣紅，與葡萄美酒、袒胸露背的美女、牛排龍蝦、管絃齊奏的場面配合得眞正是水乳交融，天設地作人爲、上下爭輝的。而靠淡樸莊靜的場面，凝神正襟細細體味幽淸情趣，佐以淸酒壽司，淺斟慢飲細嚼，在三絃淸音、古歌舊韻下才能得一「雅」意的歌舞伎，就不是芸芸泛泛的老美所能欣賞的了。

話雖如此，日本人的「驕氣」卻在那天留給我深深印象與無限感慨。我在半場休息時間離座出外到門廊前廳吸煙，目睹院內燈火通明，自動電梯雖無人而仍流動不息，不免問之於院方經理：「這般龐大開銷，而每晚客少人稀，何以維持？」我怎麼也忘不了那濃眉圓面矮小的經理，操著濃重日本口音的英語回答：「先生不必過慮。這不過是我們日本政府全力策劃下向海外推出介紹日本文化的一鱗半爪而已。」

這句話時至今日猶在我耳邊迴盪、在我心中撞擊。十四年後，西元一九八四年，舊金山的華僑界盛情邀請了國內天字第一號的娛樂界名藝人崔苔菁小姐來中國城演出。演出的地點，偏偏是當年日僑專爲介紹日本國粹文化、地處日本城中心的那座歌舞伎劇場。「崔苔菁之夜」何以安排在日本城演出，我不知情。私意臆推，可能與素來講究氣派、不願隨便屈就而忠於演藝的崔姬，無法忍受中國城髒亂破敗的戲院場地，及不符現代化照明佈景的簡陋舞臺的事實有關。「中日合作」，不但在臺灣，甚至在大陸都已是經濟上的基本政策，未想到在表演藝術方面，居然也大題小作了。

大題小作了嗎？如果這個杜撰的新四字成語可以成立的話，我們不妨自日本城走回中國城，就戲院一事，切實印證一下。

話說中國城東西南北縱橫跨了大約各十個街口（在列治文區的「新中國城」尚未包括在內），以面積論，約爲日本城六、七倍。麕集了數萬華裔的全市高密度人口地區，有影院五家，都是壽登耄耋的老翁老嫗了。老翁老嫗不打緊，君不見美國政治望族世家甘迺迪氏的老太太，打扮得乾淨俐落、雍容大方乎？可是我們中國城的電影院，儘管我在那裏看過《秋決》、《龍門客棧》、《假如我是眞的》、《垂簾聽政》、《金大班的最後一夜》和《吾土吾民》等不少國片（而且都奔走鼓勵我的美國學生去看），卻不得不「嗤之以鼻」了。原因是男廁之隘小污穢，筆墨難書：沒有隔開的小便池，池的白瓷已鑲上黃色，沖水不暢，池內紙屑票根煙蔕堆積。有的是原始的小便槽，沖水管已壞，槽前積尿如淺塘。站立塘中，臨槽小解，阿摩尼亞氣之強，令人涕泗交流。解後洗手不得，因通常無盥洗水喉，有水喉也無紙巾，更無肥皂。在西方公眾場地所謂的rest room字樣，如果印在中國城戲院廁所的門上，大概可以借用相聲演員慣常說的那句「您別挨罵了」來形容了。自廁所進場入座，又是一番經歷。走道上鋪的地氈已難辨顏色，黏膩滑軟。走在上面，鞋跟拔地有聲，你儂我儂。座椅下百物雜陳：包括嚼過的口香糖、空飲料罐瓶、煙蔕、報紙、剩餘食品、小孩紙尿布、童溺等，不一而足。

月前有朋友自臺來美，席間談起他在臺灣南部小鎮上看電影的經驗。說某次在電影開映後入場，摸索落座，只覺腳下甚軟，以為鋪了地氈，待終場燈下定睛一看，原來是滿地的甘蔗渣。臺灣小鎮上民風淳樸，大約洋大人也不至於涉足該地，誤把蔗渣作地氈，倒也罷了。但是，舊金山是通都大市、水旱碼頭，何況中國城乃是市中觀光點。洋人對我們中國人的落後形象，在這二、三十年中好不容易有出人意表的改觀，雖然中國大陸上的落後條件拴絆住了後腿，那也沒轍，但是，既已跨過太平洋，在百年前就伸到新大陸上的前腿，就不該再是販夫走卒襤褸褲筒下又髒又臭的赤腳了。

物質環境上的不刻意追求，容或仍可作為華僑在歷史上（包括在中國及在美國兩個時期）遭受艱難困苦長期以來所培養出的刻苦耐勞精神的自我解嘲。但是，在精神層面，牽涉到文化意識上的落伍自蔽，就大大令人不解了。再拿戲院爲例。中國城內影院的觀眾，是我有生以來所見最糟糕的、最讓我生氣又最使我覺得丟盡大臉的。多半的觀眾簡直一點現代文明社會的禮儀都沒有：他們大聲說話呼叫，不僅在電影未映前如此，在電影放映後座中人語大得竟跟銀幕上發出的聲音眞假難辨；有人當著「禁煙」的字幕公然點煙；小孩子哭嚷，到處流竄彷彿棄嬰及街頭野童；有母親懷抱黃口小兒餵奶拍背，哼唧催眠曲者，令人如置身托兒所……這都是在白色美國人所經營的影院中看不到的現象。那麼，爲什麼中國城中黃色美國人所經營的影院就如此呢？爲什麼在這個進步的文明社會裏而不願上進做進步的文明人呢？爲什麼同在一個舊金山市中「日本城」裏的日本人可以，而「中國城」裏的中國人不可以呢？公共道德的觀念爲什麼連在美國長久以來耳濡目染，仍培養不出來呢？我有一個偏激的動輒氣急敗壞的朋友，曾經不止一次針對中國人的這種缺失這樣說：「日本人統治臺灣五十年，不是很好麼？日本人規定的要求的都做到了；香港割讓，英國人要求規定的中國人也都做到了。就連新加坡的中國人，在李光耀雷厲風行建樹優良社會風氣的措施下，不是也變得相當文明麼？中國人難道一定非得在異族或高壓統治下才能發揮自我愛惜的覺悟嗎？如果是這樣，我建議中國政府乾脆把各省分租給英、美、德、日、法諸現代文明進步的國家，由中國菜烹製法繁多，湯湯水水，擺滿一桌，眾箸齊下共襄盛舉，這在保持桌面及地上整潔衛生方面原是先天缺欠。而餐館既然開設在講究注意衛生整潔的美國，就不能因爲是在「中國城」所以就認爲享有「治外法權」的心理，完全我行我素。相反的，更應該由餐館業主及食客雙方面特別加意維持防範才是。這也就是我在前面說的「精神層面」牽涉到文化意識的問題。不幸，在這方面，我們的僑胞們表現得太令人失望了。

說到文化層，這也觸及到整個問題的核心了。如果你在中國城的唐人街上漫步一番後，能暫時把你的「中國意識」抛掉，再到日本城去小事行走一下的話，且讓我們作兩項抽樣比較：街道和商店。中國城的街道可以用破舊髒亂四字來形容。小攤販和堆塞到店外的水果菜蔬架，就把原已狹小擁擠的人行道切割掉一半去，而肉鋪雞鴨海鮮店附近的腥穢雜亂，人群的張惶熙攘衝搶擠撞，讓你覺得五千年歷史文化不知在何處。反之，日本城的街道整齊寬潔，沒有人群張惶熙攘、衝擠搶撞的場面，你看到的是從容不迫。你到中國城的店裏去，不管賣的是什麼，物品堆砌掛放得滿坑滿谷，顧客簡直找不到一寸可以讓眼睛稍微休息一下的空間；而日本商店內，貨物不但依性質不同而分劃開，同類物品也多就其款式顏色大小而刻意排列展示，顧客有充分的空間讓眼睛得到調息，可以運用思考想像力去欣賞細究每件成品的「藝術」品質，絕無一片茫茫，不知如何取捨的眼花撩亂感。

前面道及商店內成品的藝術品質，似乎可以再說幾句。就拿瓷器來作例子。中國式的杯、碟、盤、碗，顏色非黃卽金，非藍卽粉，圖案則非龍鳳金魚，便是壽字、蘭、菊、梅、竹。顏色與圖案的配合也常得到藝術上最俗陋難耐的效果。相反的，日本店中的瓷器、杯、碟、盤、碗，形狀不一，設計靈活多變，匠心獨具，絕不僅限圓與橢圓。方形、多角、或彎翹、或平坦，魚蟹龜禽皆具形狀，蘿蔔白菜都入圖案，絕不似我們的那樣呆板一成不變。況且，他們著色淡雅，有時草草幾筆，趣味盎然。一言以蔽之，我們的東西粗俗，他們的雅致；我們的濃膩，他們的素淡；我們的僵硬，他們的活潑。中國在歷史上是一個非常有藝術才情的民族，不知道是否由於歷代專制壓抑的結果，人民只爲基本的倖存（survival）而生活，把才情智慧全用在一己經營、養家活口傳宗接代上去了。我但覺我們固有傳統文化的許多細緻菁華，都被日本竊取去而發揚光大，反而自己殘留的都是粗糙不堪的糠粃渣滓。而這也好像是一種惡性循環，他們在一種平和安適的心情狀態下，善用思考，權變取捨，精益求精；我們則一直爲抗拒一種巨大壓力而勉強應付，守成不易，終於得過且過了。於是，久而久之，這兩種文化有著幾乎南轅北轍根本上的差異：他們的像一團烈火，越燒越猛，可以燎原；我們的則似焚燒後埋在灰燼中的星星餘火。他們的借風勢而遠蔓，我們的則勢須扒開餘灰，不停大力吹搧，才有再燃燒可能。

這些說起來可能空泛了，我現在還是借用胡適先生「有一分證據說一分話」的這句名言，準備爲〈雙城記〉作一結束。

大家都知道，麵條是我們老祖宗的食品，馬可孛羅帶到了義大利，日本人也偸了去吃。但是，已經流行到世界五大洲的包裝快速乾麵，卻是日本人先搞出來的。豆腐是中國人傳統食品，或是說中國人是第一個吃豆腐的民族，不會有人反對，連日本人也承認。但是，在舊金山開始用塑膠盒包裝豆腐，既衛生又耐存的，卻是日本人。他們下圍棋，我們搓麻將。日本城每年的「秋之祭」節慶，有穿著和服、唱著和歌、跳著民族舞的表演，三天的文化活動包括：書法展覽、盆栽展覽、民俗藝術工作坊、柔道表演、擊劍比賽、太鼓表演；而我們僑界每年一度高潮活動卻是全美華埠選美，及由華僑學校鼓號樂隊爲前導、繼之以舞龍、引出頭戴珠冠的華埠小姐大亮相遊行的香車美人隊。

我必須坦白承認一點：我愛中國城，但是我不想去，也不喜歡去。我去，是因爲我可以在那裏聽到中國各地的方言，看見同胞，隔著海洋去感覺中國；我不愛日本城，但我想去，也喜歡去。我去，是要讓自己保持理智的清醒，勇敢地承認別人的長處，減少甚至消滅自己不健全的「侏儒沙文主義」心態。

只有在一個情形下我會停止去日本城，而且舊金山實際存在著的日本城會在我心裏永遠消失。那就是：當一批有健全的新思想、有眞正的中國意識、有魄力、大徹大悟認清了現況的僑界實業鉅子，集思廣益、捐棄私見、戮力同心，以身爲炎黃世胄感到毫無負擔的驕傲，擬出一個重建中國城的藍圖，用當年日僑開始建造日本城的精神和決心，把現有的中國城逐步拆除，另建新樓巨廈的時候。

——一九八四年九月二十七日《中國時報》「人間」副刊

米災

日前看美國的電視報導，日本爲了抵抗政府允准進口稻米，而掀起以婦女爲主的抵制大遊行。她們高擧布幔標語，行走在東京鬧市街頭，大吼大叫：「保護日本國米！打倒進口稻米行爲！」鏡頭並轉向某些店家，公開拋售日本國米，限量每人一包。口號是國米正宗而香甜，爲米中之聖，進口米遠不及也。

日本米，粒圓多油質。做出飯來，細滑晶亮，而且頗富韌性，嚼在口中，極是爽愜。用這種米煮粥或製作壽司，最爲上乘。

棲遲國外，煮食稀飯的時候不多，吃壽司也僅止偶去日本料理店解饞（此物甚貴也）。而在家中都是吃長米，油性小，鬆快入口。吃東西純是習慣，抗戰以來，吃長米慣了，便覺得吃圓頭米太奢侈了些。

此話按下不表。北方人說「吃獨食」，意思是「自私」，全不公開。日本人做生意，全是大力推銷。你買他的，而他不買你的，一點都不「互惠」。我總以爲此種行徑，跟當年席捲列國的軍國主義行爲一樣。你所有的都是他的，而他所有者仍是他的。

美國一向是大爺，在年頭好的時候耍耍大牌倒也算了；如今經濟不景氣，眼看著日本閉門拒貨，不禁有點按捺不住了。新總統上任之後，頻頻調整政府政策，尤其是對日本，更是擺出「老子揍你」的態度來了。

在經濟上，強迫日本開放貿易，有錢大家賺。加州大米的運銷日本，就是此政策之一部分：大約每年出口兩百萬噸到日本，這就大大超出了日本把緊門檻的設限了。

現在的問題是，日本老百姓對政府開放大米進口，抱持何種心態呢？

一位三十五歲的公務員平山說得好：「我自小到大，父母一向忠告我，不論家計如何，都要吃上好的日本大米。因此，我只能吃日本米。東南亞國家出產的稻米，我受不了，難以下嚥，因爲味道太強了。」

其實，像平山先生一樣的人太多了，他們的基本態度就是這樣：寧可花上一百一十四美元，買一袋二十二磅的日本米，也不買進口米吃。這樣的價格，實際上已經兩倍於日本人日常食用大米的價格了。

一位老美語出譏諷地向日本人建議：「乾脆日本人也跟我們一樣，吃漢堡算了。」但是，日本人哭喪著臉說：「當我們日本人說到吃的時候，我們說的是吃米飯。除此以外，不管什麼食物，日本人認爲根本談不上是眞食品。」

這樣的說法，對老美而言，簡直是有點不可思議。所謂「食物」，老美認爲，無非是熱狗、漢堡牛肉、蘋果派、聖代甜食、香腸……那些包裝得好好的、黏呼呼的、千篇一律的東西。可是，對日本人而言，所謂食物，稻米的地位就超乎其他食品之上了。

在西方，「大米」這個東西，不過是件主食（菜）的一種佐物罷了。其重要性不會超過攪和碎肉的麵包 meatloaf，用以代替澱粉質的麵粉。不過，在日本，肉、魚、蔬菜，通常都是少量拌飯食用的東西。

每年春天，日本天皇都會捲起袖子，穿了膠鞋，蹓在皇宮的泥田裏，做出象徵性的「春耕」，栽下全日本第一束禾苗；而到了秋天，天皇又親自下田收割，表示一年慶豐收。據說，現今日本天皇的父親，老天皇裕仁在一九八九年病入膏肓的時候，還詢問侍從：「今年的大米收成怎麼樣？」不容置疑的，這表示了大米在傳統上是大日本的國魂。

但，目前在日本造成了「大米慌」的事實，卻似乎對於前面所說的「國本」毫無關聯。今年，日本公庫貯藏囤積的大米，超出了去年的一倍，高達十五萬噸。這是根據日本國家糧食局的報導。這意味著，稻農、批發商、店商都看好此勢，囤積於庫觀望，以期水漲船高。

不管怎麼說，加州輸出的大米，對於日本造成了「大米震撼」卻是不容輕視的事。加州大米，對日本來說，幾乎是跟他們譽爲「國寶」米的日本米完全一樣。甚至於，經過某些稻米鑑定專家的品評，覺得實際上還超過日本米而無不及。

對此，日本新聞界只好開發一條新路，不以大日本過往的稻米光榮來籠絡讀者，只說美國加州米用農藥太過生猛，導致流產及癌症的可能性，比食用日本大米產生同類可能性高出太多。

儘管如此，就連日本「大米政黨」的人，也保不住美國加州大米對日本造成的大災了。因爲，加州大米不但價廉，而且物美。

「吃獨食」一說，從此在日本大概很難立說生效了。寫到此處，正好接獲現在日本東京立教大學執教的劉文獻兄的信，也提到此事。他說：

「最近吃到了美國進口的加州大米，不壞。讓外地的大米進來，跟日本自己的大米公平競爭一下，對消費者來說有利無弊。以往日本對農民保護得太周到了。國會有所謂的『稻米議員』專替稻農說話，結果是市場遭到壟斷，價格年年暴漲。」

這對我看見此間英文報紙上的報導所言，無疑作了注腳。這絕不是老美醜化日本的伎倆！

「吃獨食」的結果，就會造成眾怒。臺灣的煙酒本來一直公賣，前數年改變政策，讓洋酒洋煙進口，並未造成「恐慌」及不良後果。

我去年返臺，好幾次朋友抽煙飲酒都還是用國產品。我這些朋友的經濟能力喝洋酒不算什麼了，但是，他們不喝洋酒。他們的說法其實相當具有公允客觀性：「中國菜，還是配中國酒才對味。」一點都不錯！

——一九九四年三月二十八日《聯合報》「繽紛」版

菜單

二十年前我浪跡澳洲，在維多利亞省墨爾本城住了一年。墨城有一條小之又小的唐人街，散落華人店鋪及粵式小型餐館數家。我在某家餐館的菜單上看到了畢生難忘的妙絕翻譯。在沒有漢字的菜單上「湯類」項下，列有「Long Soup」及「Short Soup」兩目。當時我不曉老華僑所慣用的「唐話」，而侍者的「番語」也支離破碎，故並未細問此是何等上湯，便在好奇心驅使下長短各來了一客。原來前者是陽春麵，後者乃四川人喚做「抄手」(餛飩)的東西。可惜他們不賣長短湯(餛飩麵)，不過我倒猛然想起傳屬李白所作的那闋〈菩薩蠻〉長短句來。莞爾之餘，即席把「玉階空佇立，宿鳥歸飛急；何處是歸程，長亭更短亭。」那四句改寫了，變成「持單悲欲泣，美味成追憶；含淚望家鄉，長湯更短湯。」兼抒客懷並寄鄉心。

湯以長短名之，不知典出何處，且也與譯事信、達、雅三事不符。可是，究竟還有幾分給人起諢號的俏皮，倒也聊備一格。這跟許多譯得慘不忍睹的菜名相較，算是高手的手筆了。此間有的中國餐館把「回鍋肉」譯成 Twice cooked pork，很難不予人（尤其洋人）把殘餚剩菜拿來熱了再牟利潤的猜疑。再有把「紅燒魚」譯做 Red fried (whole) fish，「八珍豆腐煲」譯成Eight precious with Tofu clay pot，「葱爆牛肉」譯成Mandarin beef 等等，更是糟不可言。不但錯誤，其令人不知所云已經到了不容寬宥的地步。

菜單之爲物，猶之於人上臺演說。穿著務必整潔、素雅、大方，口齒須清晰，內容要辭懇言簡意賅，才能予人良深印象。但是，以是衡諸此間中國餐館菜單，就另當別論了。中國餐館的菜單，在大型較氣派的餐館中，紙質及大小尙過得去，但嫌珠光寶氣，圖案低俗，不夠大方素雅。最足詬病的是內容（菜式）名目過於繁多，總在百種左右（這大概就是北平話所謂的「擺譜」了），食客會看得喘不過氣來。而且，在各大類之中，許多菜色實際上幾乎無甚差異。如此繁縟，不知所爲何來。如果說以多取勝，旨在能令食客多有選擇，那就應該在每一菜目下作詳盡解說，把該菜的特色、用料、製法介紹出來，絕不能像上文所列的英譯菜名方式。我相信，一個從沒吃過葱爆牛肉的洋食客，在菜單上看了 Mandarin beef 以後，一定還是不知道究竟那是什麼樣的一道菜。至於中、小型餐館，他們的菜單往往就是對折的薄薄一張小紙，菜目印得緊密，字跡亦小（當然也同樣沒有說明介紹）。而且角捲破損、茶漬油斑，黏膩一單在手，菜未點而食客的胃口已會減去至少三分了。

中國人的大本事之一就是因循不變，以不變應萬變。菜單細事，不幸也反映出這等強烈傳統精神。因循不變之不足，更因陋就簡，就等而下之了。依區區之見，中國餐館唯今之計，須拿出洗面革心決心，在三事上著手。其一，把菜單名目精簡化，擇要在雞鴨魚肉素菜麵點中去其一半，但留四十項目左右，已經相當壯觀且受用矣。其二，花點小錢，請在此像樣大學像樣的美籍華人教員（人文方面較宜）或博士班學生，用像樣的英文把菜名妥切譯出，每目之下再作精確介紹說明。其三，再多花點小錢，用像樣的紙張來印製菜單，設計務求大方爽目(我們總是掌握不住單純樸素simplicity之美，一定要濃妝豔抹，俗不可耐)。這樣，也好理直氣壯，揚眉吐氣地向老外們顯示我們跟吃有關的高級文化，和雅致藝術情操。

——一九八七年三月二十四日《中國時報》「人間」副刊

雜碎碎語

舊金山和紐約兩地的華人餐館業，爲了粵菜館中一道「雜碎」的源起，爭執孰是「嫡傳」問題，日前在金山地方法院，經過聽證辯論，對「菜」公堂（報載，金山地區證人之一的某華裔餐館店東，當場呈上「物證」一盤，稱係按照一八九五年首創「李鴻章雜碎」原始調配法所製，請法官大人過口）。結果是，上訴法庭裁定金山地區勝訴，認爲「雜碎」一味，乃遠溯十九世紀中期北加州淘金時代華人苦工所創，應勿置疑。

公案已了，願述一已雜感數端。或可供華人朶頤歡顏之餘，稍作沈思。

六〇年代中期初來美國，即落戶金山灣區。斯時中國餐館，十之八九爲粵籍華僑經營。除少數外觀內涵較具規模以外，一般飯館皆供應「雜碎」一味，數色菜蔬草草切碎，聊佐以少量豬肉，胡亂炒出，堆作一盤。無論外觀內涵，都不能以色、香、味爲衡量。質言之，是極不悅目倒足胃口的粗糙東西。華人食客不吃，餐館員工自己不吃，只賣給窮苦黑人或粗俗的白人藍領階級，以及外地來的鄉巴佬。換句話說，那不是一道正統菜，是帶了種族歧視色彩，在老大的華夏古國文明崩潰衰敗，遭受西方（工業革命以後）新興的、以科技爲主導的政經聯合巨力無情摧殘，悲憤之餘，在「吃的文化」上聊以滿足優越感的心理表陳。

這種可憐的心理表陳，由於受到傳統地域觀念的調弄，攘外之餘，同時也縮小到中國「外地」。所謂「外地」，便是非粵籍祖先的華人。至少六〇年代金山華埠粵菜餐館對待「堂食」的非粵籍華僑，是無法用美國人的「服務」定義來形容的。堂倌語言之粗糙、態度之不耐不屑、舉動之隨便，處處皆然。

歧視的伸（外夷）縮（外地），正足以解釋中虛的自卑。

就拿中國餐館來說，惡性削價競爭、自殘以求，徒予洋食客中國菜「理應廉價」印象。而不似後起的日本餐業，人家一開始就正正經經，不會搞出像「雜碎」那樣帶有歧視色彩的東西來。人家大力提倡正宗精緻的日本料理，配合高價，廣爲推行，而老美認爲理所當然，甘之如飴。

再拿這樁「雜碎」公案來看。金山地區爲爭取判得「雜碎源自金山」而提出的證詞有二：一爲淘金時期白人礦工莽漢闖入華工人家，以槍威脅索食，否則殺害幼童，而不得已臨時以剩菜雜湊換取安全乃有此一味；另一爲當年李鴻章過金山，華埠餐館知悉李大人節食而特爲烹製的一道美味。二說孰是孰非，早已死無對證。對判裁的法官來說，「槍桿子底下出雜碎」頗能滿足西方人素來自認的強勢文化優越感，故「採信」前說而廢後說，可以理解。問題是，作證人爲了增強說服力，將此說在時間上推早三十年以徵歷史，竟忽略了「長他人志氣，滅自家威風」的事實，對於祖傳的仇夷心理和歧視排外作風，究應如何解釋前後矛盾，我就覺得頗爲離奇古怪，大惑難斷了。

日本人爲了洗刷過去侵華戰爭中南京大屠殺的殘暴形象，不惜竄改歷史自圓其說，以掩飾其罪行；而我們，竟把先僑受苦受難屈辱的血淚史翻出來，不是用以爭取在美國白人歧視之下的平等民權，是在微不足道的雞毛蒜皮細事上，自殘（打擊紐約區的華裔餐館業）奮人，讓強壓在白人心裏的歷史優越感表層化，得到白來的縱容的激揚。因此，人說中國或中國人是「積病難起」，似乎是有相當的可信性了。

——一九八九年二月十三日《聯合報》「繽紛」版

十字坡的再生

看日昨的英文報紙，據報導說，日本時下如狂風暴雨盛極一時的「吃風」，是吃活魚活蝦，而「壽司」已經過氣了。在餐館中，如果盤中的蝦或鰻魚不夠活蹦亂跳，食客可以令小廝持回，拒絕享用。

在東京的一家極享盛名，有中國唐風的豪華食堂「中納言」的大師傅上原先生說：「時下食饌風氣變化甚大，就是這麼回事。」可以說是「的是之言」了。

上菜的時候，小廝端來的盤中餐魚兒仍凸目鼓腮，但不久卽被切割爲美食了。進食的方式仍用吃壽司或生魚片的辦法，蘸著芥末醬拌用醬油一齊入口。龍蝦上菜時是仰天長臥，侍者操刀自尾部切割，食者便出箸享用。小型魷魚及鰻魚，大約一指見長，卽整尾放入口內，活生生的吃下去。如果吃蝦，則置蝦於一碟中，令其彈跳，看夠了再吃。其實，這跟中國江浙一帶吃「嗆蝦」一樣，吃活的。是否日本吃法也來自中土，那就不得而知了。

雖然這種食用活魚鮮蝦的風氣，有部分日本人保留「擔憂害怕」的看法，但，大體說來，大部分的日本人則認爲這跟日本食饌歷來烹製方法的原則是一致並行的——易於掌握，而且強調新鮮感。活魚鮮時下的價格可不便宜，就拿龍蝦來說，在「中納言」餐館享用一客，最低須付四十四美元，而且可以貴到一百二十元不等。最有意思的事是，「日本防止虐待野生動物協會」對於享用活魚鮮之舉，完全未採干預態度。他們說：「吃活魚鮮蝦久爲日本國食饌一環。西方人吃死魚，咱們則吃活的，此乃文化使然，這與『仁道』與否完全風馬牛不相及。吃魚就要吃得過癮。」發言人雖說「匿名」，但是，日本人找藉口占別人便宜的經濟侵略作風，則表露無疑了。

一九八一年春間，我在北京琉璃廠某中國書店瀏覽。正與書店負責人談說間，忽見著深色西服之日本旅客數人入內。不由分說，打開背著的手提包，拿出大疊鈔票，以財大氣粗的口語對店東說：「統統要！統統要！快快！」日本味兒的漢語聽來原已令人生厭，加上那副暴發戶的長相，尤其令人不耐。蓋所謂「統統要」者，是指手畫腳對著店內書架上所有一切文物說的，意思就是北平話說的「包圓兒」了。店東望著檯上的大把銀子，再望望一群虎狼也似顧客，欲語還休，一臉苦相。又望望我，我就一聲不語，緩緩走出了店外。

那時，北京市街上各衙門的交通車及接待外賓的小型巴士（他們叫做「麵包車」，以其狀似吐司麵包一節也），都是日產。要不是人民大多穿著中式衣衫，舉止村訥；要不是一口京片子，外人一定以爲中國的首都就是東京，或者說他們經臨的就是日本國土了。

我是自幼經歷中日抗戰的人，所見日本軍人的殘暴多矣，這筆深仇是一輩子也忘卻不了的。儘管理智上我常提醒自己，不要太過意氣，不要「一搭腦兒」（全部）把日本人之間都劃上了等號，但是在感情上我必須承認自己這種戴上了有色眼鏡的「一視同仁」的偏見。

令人氣短的是，我的這種中國國魂，卻一連遭受中國人民所作所爲的無情摧詆。數月前，報紙上公開報導了中國四川省某處有出賣人肉包子的事。我起始是不相信自己的眼睛，以爲自己看《水滸傳》一丈青扈三娘十字坡賣人肉包子的故事多了，不免對中國大陸因窮困而人民無惡不作的現狀引起了「移情作用」，有所誤解。繼而想到記者發佈消息是有名有姓的，而故事中發現吃了人肉包子的人的名姓也是千眞萬確，而地點屬實，這就不能怪我自作多情了。

最近有朋友自中國大陸旅遊回來，告訴我一些平日報紙上不見披露的消息，特此援引其一：河南某市，有做村姑樸實打扮之人，特意滯留火車站，專門找單身、年輕、行旅的外來女客，前往搭訕。先把車少票少人多的不合理現象數白一遭，繼之則邀身受其苦而愁困的單身女郎同往村間「家中」暫度一宿。於是將之暗中轉賣給當地流氓，供做私娼任人糟蹋。

這樣的事，在現今世界上任何文明超級大國都絕對可以找到的「突發」，本不是什麼值得小題大作的題目。可是，中共在獲得政權後，眞是「好話說盡」，而結果弄得人民在基本的傳統價值觀上都發生了嚴重的偏差，這就不能不令人感慨系之了。《水滸傳》十字坡張靑賣人肉包子的事，之所以會在二十世紀的「新中國」成爲事實，我之所以仇日而本位文化觀深厚仍遭到我所不喜的日本現代朋友的冷言熱諷，都似乎是並非無中生有的了。日本人是非常注意國際形象的。他們寧可顚倒黑白也不讓自己的羞恥事暴於外人之前，而我們呢？我們最不善「選擇」，總是暴露自己的弱點。比方說，中國大陸爲了推行傳授外人中華文化，編了漢語課本，供外籍人士習用。他們爲何不傳授中國的書聖王羲之？爲何不介紹中國的文房四寶，這樣有深重意義的文化？而一定要介紹「魯班造鋸」呢？我的外國學生就很不客氣地說：「現在是什麼時代了！爲什麼我們學中文要同時學習木工呢？」他說的沒錯。我們在那篇介紹魯班的文章中，發現了一大堆無用的詞句，諸如木屑、鐵匠、鋸齒等等。魯班對中國人來說，也許有一定意義，但對科學躍進的美國，介紹這樣一位木匠就不妥了。總的來說，中國大陸的政治輸出，完全沒有準則，完全沒有彈性的權變，這也可以見出一斑。

——一九九一年五月十五日美國《世界日報》副刊

以小見大

最近有親友多人自中國大陸遊歸。根據他們口述報導，對於當前大陸許多現象似乎「感慨系之」。又閱了近時王鼎鈞先生的文章，對於中國人「對人」的態度，基本上的感受是：由於長期以來受經濟壓迫，不得已時遭受了政治改革者的慫恿刺激，於是大聲疾呼，到了政治高潮一過，則又沈落谷底，那種長期以來受經濟迫害導生的對人態度便又復萌了。

中國人「對人」的基本態度究竟是什麼？說穿了，表示得積極一些的，就是「恨」；沒有那麼積極的，就是「冷漠」。王鼎鈞先生文中描寫抗戰時期長江邊上有人落水，岸上人只見「評論」、「簇觀」者而無奮身跳水救人的人，結果只有一外籍人士脫衣下水相救。待救人上岸後，發現所有「評論」及「簇觀」人群皆不見，而該外籍人士脫下之衣履等也跟著失踪了。王先生在文中語重心長寫道，該時「文革」尚未發生。

我在前面說，積極表示「恨」的，於是乎參加了反抗、革命；稍微含蓄一些的，則表示出極端的冷漠，對周遭一切不積極，明哲保身，得過且過。還有一種更消極者，把一切歸之於「命」，只嘆來生。我本來一直不相信這只是經濟問題，總以爲這是哲學觀的問題。仔細琢磨，漸然覺得「經濟」之說的重要了。中國的哲學基本上是「生活哲學」，不太詳談「理性」、「知識」等大題目。管子說：「衣食足而知榮辱，倉廩實而知禮節。」眞是說到心坎兒裏去了。可惜，這樣的哲學，並未得到高於他人之上的「士」的青睞，他們板起臉來大談道理（大半的庶人怎麼能懂？），告誡我們應如何如何、不應如何如何。而庶人呢？還是窮苦，還是被「治」。

中國大陸在社會主義統治之下，本來高調是人民平等，沒有階級，人不能憑知識而有優越感，誰有優越感就革誰的命。結果呢，統治大權就操抓到一批人民英雄的「人民政府」幹部手中去了。「文革」結束之前，幹部及人民都穿人民裝，但是高級幹部的人民裝的料子是毛的，而人民的則是粗藍布的。幹部吃魚吃肉，人民按配給生活。經濟問題還是不能解決。

十一年前，我去大陸。「文革」已經過去了，但大家還不敢放膽來。在北京，花俏的顏色及漂亮的衣衫都罩在深藍色的人民裝底下。我在上海，當眾公開把一條法蘭絨的長褲脫下來給了親戚，就因爲那是當時大陸少見的法蘭絨。再後來兩年，我當年大學好友新漢隨團來美「考察」。我到他住的旅館去看他，見他房中衣櫃裏懸掛了兩套深藍色嗶嘰的「人民裝」，

「我們都有名有姓的。」（怪了！有名有姓，沒佩名牌，她們又未先報，誰知道？）妻未回口，但指點鞋中一雙表示欲購買。該服務員又粗聲曰：「哪雙？什麼顏色？這玩意兒叫皮鞋。」妻於是不甘示弱，以爲不可理喻，乃提高嗓門兒說：「我知道這叫做皮鞋。但誰知道你們叫什麼？你們的詞兒，成天改，我不知道。你沒有眼睛嗎？我手指哪雙就是哪雙。」女服務員問：「幾號？」妻曰：「我是從外邊兒來的。我們的號碼可能跟你們的不一樣。你看看吧。」女服務員提高中氣回話：「沒有！沒有！」妻問道，何以未量尺碼，就說沒有？對方重複：「沒有！沒有！沒有！」於是妻手指另一雙鞋，示意要買。女服務員不語，端視妻腳良久，取來一雙。妻擬試穿。其時，女服務員又警告曰：「把你的舊鞋先脫下來，墊在新鞋下邊。」妻如言照辦。但發現四壁無有鏡子，乃詢之於該女服務員。彼狡黠覷著妻的胞妹，操相聲語氣說：「鏡子？這位女士不就是您的鏡子麼？」在如此氣氛情況下，妻未市易，偕其妹快速離去。

其二：某日，妻逛街，見店中有木製筆架，擬買一贈我。此時，店員（小青年）正在低頭閱讀，頭上戴著耳機，搖頭晃腦。妻輕叩櫃檯示意。對方未擡頭，也未旁顧，冷言道：「要什麼，就說。」妻曰櫥窗中筆架未有標價，請問若干。對方答告一數。妻曰買一架。少年取出一架，放置檯上。適外面忽然落雨，妻問可否代爲包上。對方仍低頭聽音樂，搖頭晃腦，未見答話。妻方欲離去，對方自檯後取出一張包裝紙，拋在檯上，示惠於妻。

其三：某日，妻與其妹外出，在街上見有三輪車攤位。因乘公車不熟，也想趁機回憶當年臺北三輪風光，於是前往詢之至某處需價若干。車伕（一四十餘歲中年漢子）不語，伸出三個手指。妻之妹曰：「這是多少？三元？三十？還是三百？」對方笑曰：「三元？您就想乘三輪兒？三百？我拉不起您。」妻之妹曰：「三十也太貴了。」對方肅容曰：「我說，坐在車上吹涼風的是你們，頂著日頭蹬車的是我啊！太貴了，您就請回家歇著吧！」

這些「小事」，都可見出「經濟」問題壓抑人民的情緒，表現出人民的呼聲來。至於大陸上「向錢看」的口號，深圳市的股票風波，「萬元戶」滿天飛的景象，就不會那麼令人吃驚奇怪了。

——一九九二年十二月二十日美國《世界日報》副刊

男爲悅己者容

前些日暑熱蒸人，不能靜坐閱讀或伏案揮筆爬格。但，看閒書的心情總不欠缺。憶及幼時看書，都是一卷在手，捲於拳心在昏暗的點油燈下「細讀」。何以捲於拳心，至今也不甚明瞭。今昔萬般大異，以「讀書」來說，書冊都是精裝，捲之不易，而燈光調整適度，也不必就燈細讀了。且屋宇寬闊，看閒書更不必正襟危坐，而所讀之物，除書冊外，報章雜誌最宜。品茗客室或起居間（Family room），翹腿讀之，有輕音樂伴隨，眞是如沐春風。

我在暑熱煎熬之中，讀到英文報上發自日本東京的報導文字一篇，說日本當今青年男士都愛刻意打扮，而且跑到專爲女士開設的美容院花巨金請女裝扮師打點細皮嫩肉。英文標題原是 Japanese men are preening more，我乾脆就譯成「男爲悅己者容」了。「女爲悅己者容」這句古語，當今之際，連有「現代感」的女性都不願承擔了，而扶桑三島的少男們居然趨之若鶩，爭爲寵語了。

「男為悅己者容」，到了何等程度？東京鬧區一家「物理醫療設備院」的主任淺野中子說：「簡直不可思議，如今看起來一點毛病也沒有的男人，硬是跑進來讓我們把他們搞得更體面些。」她的話，是指一些上身全裸，躺在陽光照射的手術臺上，等著身穿白色工作裝、戴著口罩、在這些肉身上通了電極、而用針灸的小針、輕攏慢刔地作著「手術」的女士們的男士說的。這等男士前來尋取的「服務」，以包括「身體勻稱發展治療」及「根除小腹（比基尼線下）體毛」為主。

淺野女士在幫助女士美容卓著的二十五年之後，十年前改換了服務對象。目前她是專為有酒糟鼻子、面帶粉刺、大腹便便或面有小小瑕疵的中年男子工作了。在過去的兩三年間，大概發現一般男人的社會習俗及態度在急遽變化──尤以年輕男士為最──的人，已經不止淺野女士了。一位化妝品股票投資專家藤井先生就說：「這些腰身癯瘦，基本上看得過去的年輕男士，對於股票市場，眞的投入了一股力量。股富已使日本急遽增加一批美男。」他說，「全日本首屈一指的化妝品公司資生堂，如果去年沒有男士大批的消費者，是絕不可能貨暢其流的。」

這種男子「自我陶醉」的風氣怎麼會一下子形成的？據某些評論家稱，那是因為時下年輕的男子人數太多，加上財富日豐，搞得這些手握大把銀子的人不知何以花銷所致。但是，根據最新的一項市場調查報導，透露出了實際的原因：物色一名配偶（女人）的困難日益增強。

越來越多的日本女人，已經不顧傳統上對於男子求得一份好工作以爲婚姻支柱的觀念，而要跟男士一爭短長了。此種趨勢已經日益明顯，在年紀二十八至三十之間的適婚男子，已經大大超出了傳統上二十四至二十六歲之間的適婚女子。此種現象毫不足奇地顯示，絕大多數的男子，都承認他們在上班之前才大量擦抹化妝品、噴香水等等。日本人習俗上喜嗜魚鮮、青菜勝於甜食肉類的餐飲慣例，證明了這些日本男士很少是超重的。不過，這項調查還顯示出了另一特徵，二十來歲的日本男子，紛紛加入了女人的飲食減肥行列：他們擠入了保持身段窈窕的高級美容院以及到減肥的鄉野去度假。

可以看得到的，是對於缺乏食慾及暴飲暴食的診療機構的增加。對於上述兩項問題，雖說目前二十出頭及以下的少女仍然占了較多的人數，但社會學者曾提出警告說，常此以往，不數年間日本就會成爲舉世的工業強國而有著最多的缺乏食慾的男子病患了。

一位叫做齊藤的心理學醫生，在《朝日新聞》上著文稱，在最近三年中，男子患有缺乏食慾症及暴飲暴食症的男子，已經倍增了。最令人不能置信的例子，是一位中學男生說，他所最心儀迷狂的流行音樂歌手，爲了保持身段的窈窕，於是強迫自已嘔吐食物。等到這位少男自己中學畢業時，該流行歌手已經只剩下六十七磅的體重，而陷於幻覺之中了。

鐘紡化妝品會社所作的一項調查，顯示出了一個有趣的事實。目下大約半數的日本男大學生，他們去美容院花費在理髮上的錢遠較花費在其他美容方面的錢爲少。此項調查是以東京及大阪兩市爲對象，故其具有代表性不足爲奇。尤有甚者，有些年輕男士，他們的「刻意打扮」已經超出依賴瓶裝化妝品的範圍，而索性走入全新的「圖騰紋身」的美容行業去。這種美容院向男士們提供一項服務，凡是自眉毛以下自覺身材乾癟的男士們，「服務」可以讓他們變得健美，或把他們連女朋友都認爲太過低陷的鼻樑加高，或把他們的眼睛變成令人迷惑的大眼睛。提供這項服務的店家，有一家叫做「三井」的，在開業四年以來，已經發展到除了本店之外，另擁七十五家分店的全國性托拉斯了。

除此之外，還有一項引人注目的事。全國大約有六種以上的「時裝雜誌」，其讀者係針對二十幾歲的小伙子或未滿二十歲的小男生。在過去三年中，雜誌報紙攤販賣年輕男士生意的，已經打破「擁擠」的記錄了。一個叫做《ノンノ》的雜誌，業已在過去三年之中突破了五十萬買主的份數。

五年以前，我於二十餘年中第三度返臺。某日擬赴理髮廳處理三千煩惱絲，事爲岳父大人知悉，正顏危色語我曰：「你可得注意呀！」乍聆之下，不知何解。岳父大人乃爲之解釋，說目下純爲男士理髮的地方已經不多，多半都是男女雙方「美容」之處了。我自嘲髮已非全墨，且半數脫落，要美怕也美不起來了。話雖如此，想及在海外中文電視上所見臺灣的男藝人，人已中年，居然長髮垂肩，面容煥豔，便知地緣關係，扶桑三島的「男爲悅己者容」風氣，已經較之三十年前男歌星唱顫抖主調，更令人顫抖地拔地捲人，令男士效行了。

其實，如今「女強人」早已出頭，美國的軍事院校招收女弟的實例日增，許多國家的體壇，每以「健美女士」爲標榜而不讓鬚眉專美，都蔚然成風。在政治上，英國的女首相佘契爾夫人，冷面縱橫；美國上一屆總統選舉的民主黨女候選人費拉蘿女士，以及本屆加州州長選舉的民主黨候選人前舊金山市市長范士丹等，恐怕都因媒體傳播的影響，令某些男士慨然憤然地握拳擊案，立道「大丈夫當如是也」。

中國古有「男主外，女主內」之說，看來二十一世紀的世風當爲之一轉，男人終竟變成細皮嫩肉，而女人都成了赳赳武夫，「男主內，女主外」，恐怕就不遠了。我在兩年前，看了英國某雜誌上的一篇報導文章，說「試管嬰兒」的成功，已經使男人在十年之內「產子」提高到絕對可能的地步，阿彌陀佛！

——一九九〇年十月二十五日美國《世界日報》副刊

女人自殺

據最近發自臺灣的一家外電報導說，臺灣自殺人口比例最大的是主婦。自殺動機是「婚姻痛苦不幸」。此項報導的根據，是警方最近公佈的一九八五年臺灣自殺人口統計數字報告。

自殺一事，在中國歷史上並非沒有，亦非罕見，只是名稱不同於今日，「自了」的動機和方式亦多不同於今日而已。質言之，古人自殺，我認爲基本上當視其爲可歌可泣的「壯舉」，因爲是跟道德勇氣息息相關的。對男人而言，姑無論帝王臣子因國破家亡不願降敵而自盡、公卿大臣因帝王之罔顧仁義社稷江山而以死相諫，或文臣武將因執政、用兵之不當一事作差，而畏罪自取生命，倘用今人眼光衡之，雖或多或少不免迂腐之譏，而終能引起同情，都是因爲自殺者殺身「成仁」，所謂受「頭可斷，志不可辱」的道德意識驅使，遂在精神及行爲本身兩方面得到世人的尊重和支持，或至少得到人們「唏噓太息」、「感慨系之」

的同情。有明一代，這種例子特多：惠帝時受起兵篡政奪位的燕王（卽位成祖）召使草詔的方孝孺，因拒斥而遭磔於市、滅十族；賊寇李闖王舉兵陷北京，在煤山自縊的思宗皇帝；背負大明末代幼主投海成仁的忠臣陸秀夫等，無不如此。卽使在暴秦末年起兵舉義，不幸兵敗為漢王劉邦苦追窮逼的西楚霸王項羽，本來可以逃返江東，伺機再起的，卻感「與江東子弟八千人渡江而西，今無一人還，縱江東父兄憐而王我，我何面目見之？」而自刎烏江，雖是匹夫之勇，那點勇氣卻也附有著濃重的道義感的。

至於女人，其自了殘生固不若男人的轟轟烈烈，為史家所重，但是，在「大男人主義」如同天羅地網無孔不入的社會環境裏，世人對她們所表現的貞婦烈女形象和作為，卻都給與正面肯定。貞烈純是大男人訂出來的單方面不合理要求——要求一個適人的婦女對所適男人奉獻一生，包括精神與肉體雙方面的完整。不過，如果自道德勇氣的角度來看，女人倘迫於環境，為符合「貞女不更二夫」的無理要求而採取自殺行為以全貞德，這種自殺行為動機本身的意義，至少我認為跟男人殺身成仁捨生取義一樣，是完全等量齊觀的。

在傳統封建意識保守的社會，還有另一種似也屢見不鮮的女人常鬧「自殺事件」，那就是小說中習見的「遇人不淑」，飽受男人虐待欺凌，自嘆命薄的小可憐。她們如同落網之魚，無力掙脫現實困境，又不甘長此以往，委屈求全。於是或吞金、或懸樑、或投井、或跳河了其殘生。受不了一點點微小挫折刺激，一時想不開而尋短的豪門千金大家閨秀也包括在內。像祝英台那樣的殉情畢竟不多，此處不論。

其實，傳統上的中國女人，她們逆來順受，在大男人主義高壓的生存環境中茹苦含辛度其一生，堅韌性實非男人可及。大家都認爲在婚姻生活中女人是男人的附從，這其實也是大男人主義思想下認爲理所當然的看法。著眼點是在經濟生活上，因爲女人不事生產。然則，若就「生活」本身觀之，男人的獨立自主性極小，一個喪偶的男人或婚姻破裂的男人，其生活之狼狽雜亂無章，其情緒之浮動緊張，就跟雞飛狗跳一樣。尤有甚者，喪偶的老頭子常不久人世，更是明證。反之，一個離婚婦人（或棄婦）或寡婦，可以完完全全無須男人，而終其餘生，且生活得甚爲自適。如果是有兒有女，那男女之間的差別就更不可同日而語了，大男人的生活必成「悲慘世界」無疑。所以，就婚姻生活依附情形而言，女人實是強者。換句話說，男人是因爲再娶極是容易，續絃之後可以絃歌不輟；否則，自殺的男人必多如過江之鯽，而女人是不輕易也不容易自己結束生命的。

可是，今天的臺灣主婦，何以在自殺人口比率中高居榜首呢？

按理，今天婦女的地位是傳統婦女完全不能企望的。她們的婚姻既非媒妁之言，亦非指腹而定了，大多已是絕對的自由戀愛，心甘情願的結合。而且法律早就爲她們留了後手，對忘恩負義的薄情郎將繩之以法。法律不但限制了大男人婚後的愛情自由，進而支持女人隨時可把不忠的男人踢出門外，堂堂正正提出離婚，送男人到「悲慘世界」去。不過，要是女人自動放棄了這一切優越的條件，對於婚姻不幸採取了「自殺」的下策，我們就似乎需要稍加追究了。

這則新聞報導惜未詳述主婦自殺主因。根據我的直覺，「婚姻痛苦不幸」顯與當初結婚動機有關。此話怎說？君不見近十餘年來臺灣經濟的飛揚，把物質生活的水平陡然擡到意想不到的高度。於是大家都生活在一種空虛不實際的狀態中，一味追求奢侈舒適，對價值觀念的取捨標準但以個人收入的多寡而定。男女結合固不能說一無愛情成分，然則愛情的燃點卻已自精神偏移到物質，傳統道德觀已不敵現實利益的獲取了。套句俗話，女人結婚首要考慮是對方提供婚後舒適生活的保障，拜金的比重實在大得驚人。倘如婚姻是建立在這樣脆弱、虛浮的基礎之上，男人對婚姻所投下的忠誠與關切乃無形打了折扣，於是，他們遂得以利用自己足以吸引一般女人的資本做爲「移愛」的賭注。那麼，當一個追逐實利的女人一旦發現可以帶給她婚姻「保障」的男人，把那份實利全部或局部給與另外一個女人的時候，她所遭受到的自尊的屈辱和快樂如意愛情的幻滅打擊，就很可能把她送上通往西天的自殺之路了。

當然，這只是我的臆度，但願實非如此。有趣的是，爲什麼這樣走西方現代女性對婚姻採取「自由發展」態度道路的女性，當婚姻不可挽救時，卻並不如西方婦女之瀟灑——留得青山，另覓棲枝；而竟尋短，她們並未跳出傳統對女人名其爲「弱者」的形象，這就頗令人費解了。這跟古代或舊式社會前述之女人之迫於大男人主義而自殺不同，是「自棄」的自殺，至少在這點上我認爲是「今不如昔」的。

——一九八八年四月二十八日《聯合報》副刊

捏個麵人再娶親

在臺灣，有所謂「省籍情結」浮泛於政治層面。而實際上，在青年男女戀愛婚嫁一事上，所謂的這種情結，似乎已逐漸銷匿於無形了。

第一代人遠渡臺海，到一個當初做夢也沒想到會來的地方，萬事從頭，因而存留著難免的「省籍情結」，原是不須仔細解釋無可厚非的事。父母之心，可以寬解，此乃人情之常。現今的父母，當時屬於「省籍第二代」。於情於理，於公於私，如果存有若干上一代的省籍情結餘緒，亦情有可原，不難理解。

但是，到了第三代，倘若在婚嫁時猶持「省籍情結」，任由作祟作梗，就似乎有點說不過去了，也有一些不可思議了。

我有個朋友男婚女嫁，都是跨越省籍締良緣，反倒遭到某些同輩友人或異輩（後生之輩）的怪異眼光。我真不知道那些有「異樣眼光」的人，長的是什麼樣的眼睛。

我年幼時，社會上有一種「捏麵人」（或稱漿米人）的民俗技藝。是把米麵拌和顏料，揉勻之後，巧妙地用手捏揪麵糰，隨意塑成人形或動物形狀，沿街市易。

而今此種民俗已不多見，但其原有靈魂卻似並未消散。特別用在身居海外的華僑，爲父母者對於子女婚嫁一事上，就充分顯示出「捏麵人」的心理了。

這些父母一廂情願，完全不顧現實，彰顯著大力反對子女在婚事上娶嫁非華裔異性意識。他們完全不考慮當初自己何以遠渡重洋、棲寄海外的情由，竟頑固偏執地想盡方法，要像捏麵人一樣控制子女，把子女捏成稱心如意的小麵人。

這種予取予求的「大中華心態」，既不合理，又不合情，一心要把子女生存環境塗抹上一層厚實中國色彩的努力，可嘆亦復可憐。

東漢時代的蔡琰，寫過一篇膾炙人口的〈悲憤詩〉。蔡琰在開篇就寫出了「漢季失權柄，董卓亂天常」兩句，這對於我在前面所說的「第一代省籍」人士，因避共產橫禍無奈隨政府遷臺，也就罷了；他們有著這樣的蔡琰情結，而轉換成省籍情結，姑不論好歹，至少這可以理解。

可是，目下這批原來生長於臺灣樂土，成長之後遠赴他鄉，寄身外域的當時的第二代省籍人士，居然再對子女心存「蔡琰情結」，就不能不令人覺得有些迂了。

這些父母想過沒有，生長在一個個人主義高張的社會，接受洋文教育長大的子女，他們已經背負著又大又多的「文化認同」問題了——而這些問題，是誰帶給他們的？身爲他們的父母，所應爲必爲的是，如何合理曉事地幫助子女突破文化困境，而非平白無故地硬要將子女捏成一個五色繽紛的「蔡琰麵人」！

一位不幸仍有此種蔡琰情結的朋友，其少爺迎娶了一位越裔小姐。吾友大爲不樂，終日板臉瞠目鮮言。兒媳婦打電話來，竟稱：「那個姓阮的又囉嗦來了。」我因此揶揄吾友道：「越南人固然不說漢語，你將來抱的孫子孫女，誰說他（她）不是個中國娃兒！」

還有一位朋友，女兒要嫁碧眼兒，老大不悅，成天威逼，大義曉之。可是，此舉不但未見奏效，反而更快玉成女兒婚事。

「兒孫自有兒孫福」！

〈悲憤詩〉的最後一段是：「託命於新人，竭心自勗勵。流離成鄙賤，常恐復捐廢。人生幾何時，懷憂終年歲。」這充其量也只能自己拿來做爲日課，但若想用爲子女的中文教育教材，期望子女讀思，那恐怕就是心勞日絀、適得其反了。

——一九八三年六月十九日《聯合報》「繽紛」版

只問耕耘

家父生前愛說的一句話就是：「北大雖好，好的未必是閣下。」他雖是北大畢業生，但絕對沒有「北大人」的那種莫名其妙的優越感。在臺灣，「臺大人」不幸也成爲臺大畢業生的口頭禪。他們以爲「臺大人」是一塊金、一塊銀、一塊稀世罕見的玉，憑了它就可以一輩子享用無盡了。

臺大是好，我自己是臺大畢業的，我知道。但是，父親當年在北大做學生時所常說的那句話：「北大雖好，好的未必是閣下」，沒有給那些淺薄的「臺大人」一丁點的借鏡作用，這是非常遺憾的。這句話如果改成「臺大雖好，好的未必是閣下」，也許對那些自以爲是沾沾自喜的臺大人有一點防漸作用。

爲什麼我們的社會上會出現一大批那種沒有學問的「臺大人」？這種人當年是怎麼進了臺大、怎麼畢業的，我們可以不究。但大體說來，自從進了臺大以後，大概就把整個臺大頂在頭上，金身成佛一般，在那裏自說自話了。他們完全忘記了自己應該如何表現，把臺大的光輝增加一些，而卻盡全力吃臺大，讓臺大來滋養他。大學畢業後，我的確見到不少有這種奇特思想的「校友」。這種校友還有一項本能，就是專愛在功成名就的校友出現場合，作出「自己也是臺大校友」的姿態，「與有榮焉」。

宋朝的大哲學家朱熹先生有一首〈觀書有感〉的七言絕句。他這樣寫：「半畝方塘一鑑開，天光雲影共徘徊；問渠哪得清如許，爲有源頭活水來。」半畝方塘及天光雲影都是朱老夫子用的比喻。天光者，今人謂之想像力者是也。雲影者，理性思考也。二者不可偏廢，我們要是具備了這兩種好條件，腦袋瓜自然便如清水池塘明鑑一樣。之所以清水池塘，是因爲源頭活水也。我在前面說的那種可笑的臺大人，大概他們腦袋瓜裏只有天光，而且是「異想天開」，可惜全無一點雲影，沒有任何理性思考能力。糟糕的是他們一旦進入臺大，就認爲自己是在「一鑑開」的半畝方塘中，而臺大就是源頭活水了。

這種「吃臺大」的人，其所以如此，就是不甘寂寞。宋朝大詞家辛稼軒說：「隨緣道理應須會，過分功名莫相求。」隨緣道理不是什麼宏法深理，該來的就來，不該來的不來。該來的來了，就隨手拈來；不該來的沒來，也不必硬去強求。一切聽其自然，這就是隨緣道理。以前我讀中小學時，國文作文題常有「只問耕耘，不問收穫」八字，那意思就是隨緣。

耕耘到了一定時候，自然有收穫，而不必想到收穫才去耕耘。時下青年人最愛奢談「幹」，常常「幹」了再說。完全不談背景，完全不談方法，完全不談功效。他們的腦袋瓜裏天光太多，但是一片雲影也沒有。因爲沒有一片雲影，所以覺得眼下一片輝煌。他們最不耐耕耘，滿腦袋收穫。理想很多，很遠很大，可惜完全不講究知識及經驗。耕耘是要下苦工的，在二十世紀科學時代，就必須講究知識。知識配合上經驗，無往而不利。否則，但憑蠻勇，也許短暫得勢，終究還是大輸家。

現今的傳播媒體也的確坑人。就有許多頭腦簡單的人喜歡看媒體塑造的人像，而這些人像彷彿是功夫高深的人，無所不能。這些人都受「超人」（superman）的影響刺激，於是想憑一己絕鼎之力而要大大發揮一番。他們完全沒有想到，媒體上的人像，可以朝令夕改，可以紅白青綠顏色隨意改換。喜怒哀樂成敗榮辱都不由己定，是媒體主導一切。試想，如果眞有超人，那怎麼世界上還有那麼多的貧苦災難？還有如伊拉克的海珊強人？世界和平不是老早就可以輕而易舉得到了嗎？那我們還愁困什麼？還期待什麼？還感嘆什麼？

也就是因爲「只問耕耘」這樣的話，帶給大家的不是淸明的暴利，不是可以滿足私慾的及時雨，而是看不見的未知數。任何事都有其發生的來龍去脈，我們一定要搞明白了，才能用智取（不是巧取豪奪），才可以柳暗花明。孫中山先生的革命，沒有數十年的努力，沒有

廣告

廣告之爲物，純係豐衣足食、安和樂利的太平社會產品。其設計之新穎精美、繪製之生動、內容之豐富、種類之繁雜，五花八門，美不勝收，是與生活的環境切合調配的。質言之，是道道地地、實實在在的奢侈品。無論出現在街頭巷尾、報刊雜誌、電視或電影院的銀幕上，可謂跟該環境中人的生活實質相襯托輝映，不折不扣的粉飾太平現象。

但是，倘若這樣的商業消費廣告之出現，並不能配合現實生活環境的話，就會成爲多此一舉的失調的怪現象了，令人覺得刺眼，引起反感。例如，今天在一個基本上仍屬凋敝落後的地區，連自來水和電力僅係點到爲止，或根本尚付闕如，人民連粗糧還不足，仍在挨饑忍凍，要是一個大型五彩冰箱或汽車廣告崛起於一夕之間，不論是在街上或是田裏，我們當作何感想？

商業消費廣告的作用在於刺激消費。消費則自然和購買力發生直接關係，這也卽是前面所言廣告之存在實與生活環境交互輝映的一點。廣告越繁複，越反映社會財富的殷實和人民經濟生活的蓬勃。雖屬奢侈品，卻是一種積極正面的象徵。

既有商業廣告，當然也有與之相對的非商業廣告。細別之，有個人和團體兩類。前者如婚喪啓事、懸賞緝兇、尋人、吉屋出租、警告逃妻、擇偶徵婚、家教待聘等等。後者如公司、學校求才、工程招標、學術演講、招生、展覽、慈善募捐等等。此外，還有「政治廣告」一種，也屬於非商業性的範疇，是晚近新猷，這就中西有別了。

所謂中西有別，乃是基於政治體制之相異使然。在西方自由民主先進國，憲法不僅具有眞正至高無上的法律尊位，也充分發揮了創制人賦與它的實際功能，因爲沒有任何黨團或個人可以將其玩弄於股掌之上。一個憲法體制落實的社會，是欣欣向榮的、合理的、有序的、和平的、多元的、開放的、前瞻的。這樣的國家政府組成分子——政府高階層公職行政人員（例如總統、副總統、州長、省長、郡縣長）及民意代表（自中央至於地方），都由公開公平競爭而選舉出來。在競選過程中，廣告便扮演了相當重要的角色。尤其是電視媒體，它們多彩多姿、犀利幽默，競選人現身說法，十分活潑。這類非商業消費性的政治廣告實際上卻具有商業消費性廣告的基本要件：多元化、有刺激性。

然則，我們的社會，尚未開放到那般十分活潑的境況，社會財富也尚未累積到那樣的充盈，前述電視上公職競選廣告的出現尚有待時日。其實，民主政治一如商業廣告之競爭，政黨不妨各顯神通以吸引人民。爭取選民一似吸引消費者。消費者的購買力是操之在已的，錢在自己的荷包裏。選民投票也需絕對自由，就如同買消費者心目中最中意的消費品一樣，把神聖一票投給自己決定的喜愛對象。這數年來，臺灣在這方面一直可喜地在進步著。社會表象至少予人越來越有驚蟄之後春水洋洋之感。一個最顯著的方面，是口號式教條式的政治宣傳廣告之遭受唾棄，無論外型和內容，都實事求是，益發活潑。

不要擔心商業廣告是太過奢侈的東西，我們擔心的是沒有足夠的引誘商人提供廣告的消費品；我們也不必顧慮政治多元化會分化團結，甚至導至離心紊亂。我們應該擔心的是：我們根本沒有一個眞正合理、有序、上下團結一心的和平富足社會。

——一九八八年四月七日《聯合報》副刊

以偏「蓋」全

今早去公園散步，行走間，有一隻黑色小蟲飛駐在我眼鏡左邊的鏡片上。突然之間，我的視線出現了瑕疵，覺得頗不舒爽。雖然，繼續前行，心想這隻小蟲或會自行飛去，還我清白。可是，在繞了公園將近半圈之後，並未見其有厭倦離去之意。於是停足褪下眼鏡，將鏡片放在唇邊輕輕吁氣一吹。小蟲飛落了。戴上眼鏡，繼續前行，輕快暢然。

我的第一個意念是用手指把小蟲捏斃。但是我沒有。就在有意無意之間，一個意念彷彿明星在天，突然閃爍：在偌大世界上，這麼微小體如芝麻的黑色飛蟲，竟會飛來棲停在數十億人中我的眼鏡上，讓我有機會細窺了牠的體容，這也可以算是一種的「緣」吧！既是如此，緣生大千，我們便應體恤其生之不易，知得會之更其不易。那麼我們便當珍惜，好生珍惜。不論誰，既已降生，入此世界，便是一種奇緣。養生、護生，走到生命的盡頭，固然人生際遇不一，是富抑貧，是貴抑賤，原都無礙我們珍視一己生命。富貴既有，然則一世胡鬧、狎淫呼嘯的，數十年光陰，便仍形同糞土。且看那如武訓之人，一生貧賤，但武訓深知生之不易，善保其身，一意爲人，終成正果。他在大宇宙中，在人世裏，永遠光垂不朽。我想，武訓當也意識到緣的重要。緣非與身同來之物，但其左右隨之，稍一不愼，則如電光石火隱逝。我們應該培養心性，能令其感受緣之附體，無時不珍，則人的一生，必能坦蕩逸樂。

最近有朋友夫婦失和，堅要離異。我卽以緣生之實相勉勸。夫妻情緣，在大千世界男男女女不可清數之中，何能相識相託，這豈非緣又當作何解？既是緣分，尚未善執，卽令其插翅逸去，如果不知，也就不須當初投緣了。經營最要，我的朋友夫婦，所差就在沒有經營，各持己見，不肯推置對方。既無外來第三者介入，何以必要離異以求太平？

在政治上亦然。政見不同，政體各殊，但原則皆以民爲本，以國爲重。我們不能以黨中某些人事不彰而否定全黨，這就像那隻飛落在我鏡片上的小蟲一樣，不要以偏概全，竟思捏斃除之而後快。我們應該想到，在一個民主社會，能參與一黨而與另一黨相對相生，這是何等之緣？爲何定要百般輿風，必欲除之而後快？某黨之敗，其實無須他黨剷殺，必蠹生自腐，人民唾棄。這是世界上任何一個國家一個民族都不容不信的眞理。政治是藝術，藝術必乃超乎時空，才能成其大其偉。雞肚猴腸，都是急功近利，不能長久。古人云「文章經國之大業，不朽之盛事」，政治上又何獨不然？

最近有客自臺灣來，告以新政治術語一——「以偏蓋全」。乃指某些政壇人物，中年以後，髮落頂拔，因覺有損形象，遂將分頭之分髮線下移，自一邊降至耳際，反撲以下掩上。這當然是令人莞爾俏皮多趣的說法。實則，愛美乃人之天性，似此皆屬一己好惡，原無他人置喙之有。與人無涉，更無害可言。要者，政壇人士，希望都能守正秉公，不要常發生心理上以偏概全意念，則庶幾幸甚矣！

——一九九四年五月十六日美國《世界日報》副刊

不要目無禽獸

人權思想，源自歐土。我們古有「民爲貴」一說，看來相似，實則大殊。所謂人權，卽人民在法律上享有自由平等，有絕對不受任何個人、團體或政治勢力非法恣意侵犯之神聖權。而「民爲貴」者，自來未倡。不過有此一說，以證古代思想彰彰大放而已，上下都從未當眞（serious）過。統治者（皇帝）自命天之（驕）子，「朕卽法律」，神權高於一切，何來人權！至於下面從未當眞，倒也並非戲言。老百姓自知身爲「賤民」，揭竿而起（今稱革命），基本上還是因爲政治腐敗，經濟生活太難過了。反壓迫需要先反饑餓，有了革命本錢才能談形而上。故一旦成者爲王，變成既得利益集團後，立刻大力遏止及壓迫。自由平等云云，原本子虛，劉邦得天下後，連革命夥伴哥們都個個俯首貼耳，不敢平起平坐，況百姓草芥乎！

人權爭取到了某一個程度之後，大概就自然而然的發揮人類博愛精神，開始自告奮勇作爲動物的代言人，爲畜喉舌，要爭取獸權了。第一步在於改善家畜的衣、食、住、行。所謂家畜，更以貓、犬二寵爲甚。一些視貓犬爲己出，愛得情切的博愛主義者，秋冬之際都爲寵物添衣著帽，生怕受冷壞了身子；至於出客，另有禮服，更不在話下。吃有專門爲牠們調製的美食，起居與主人同房共衾。出有車。男女之事由主人按優生學妥爲安排。病痛有專門醫生在專門醫院悉心調理診治照拂。最後死了安葬入土立碑，牠們一輩子生活眞是風光無比的，較之第三世界貧窮落後地區的人，不知多了多少尊嚴。

貓和狗享受了一世紀左右的優寵生活後，爲畜喉舌的人終於擴大了獸權受益對象，由貴族的貓犬下及農夫的牲口家禽了。去年六月，瑞典官方制定了一項史無前例的「動物福祉法案」（Animal-Welfare Law），明文規定人類自此不能對牠們大不敬。中國罵人損人的話「雞犬升天」，沒想到它的正面意思竟在番邦落了實。

不管怎麼說，且來看看此項新制獸律重點：一、牲口有在田野享用牧草的權利；二、對豬仔不得加以束縛限制，必須個別分欄豢養，使食寢自便；三、豬、牛二畜必須享有稻草墊鋪的生活條件；四、雞隻不得圈放籠中，以擴大活動空間，免於擁擠之苦；五、屠宰應該力求人道。就前四點簡而言之，可謂牲口家禽享受到法律保障的養尊處優生活條件，而後一項便是法律給與畜牲「免於恐懼」的自由了。至於何種屠宰方式方稱「人道」，律條未有明文，模仿文明國家對死囚執法的人道方式，應該坐電椅才是。總之，像中國人殺雞割喉及五更屠豬但聞淒厲慘叫悲嚎的事是肯定犯法的。

我有一位朋友，生前嫉惡如仇，雖不是世界性保護動物組織的成員，但一向是爲禽獸仗義執言的。此君最恨用「禽獸」罵人。每聽見有人用此語斥罵，立卽怒目相視，以鄙夷的口氣替禽獸申辯曰：「慢著！請別任意侮辱禽獸。人家可並不像咱們卑鄙齷齪、下流無恥。您應該罵人『禽獸不如』，還人家禽獸一個淸白。」

我初始頗以此君小題大作而不甚爲然。但，事後細忖，覺得其實不無道理，而越想越覺得「不如」二字之不可略重要性。有此二字，就把「人之異於禽獸者幾希」那句話寓驕於謙的假惺惺嘴臉，很不著痕跡的給揭露了。試想：禽獸不巧言令色、不逢迎拍馬、不前倨後恭、不數典忘祖、不招搖撞騙、不貪贓枉法、不耍陰謀詭計、不做姦淫擄掠燒殺勾當、不會信誓旦旦結褵而又在背後亂搞男女關係、不投靠騎牆、朝秦暮楚，不賣國求榮、不……這一大串的「不」，就足讓人發聵振聾，至少起一種警惕作用：卽使到了要藉禽獸以快口舌，以洩氣憤的時候，也會想到可能反取其辱，被禽獸嘲笑了的難堪。於是人的氣焰就至少可以減掉幾分了。

可惜我的朋友已經作古有年，未及親眼看到瑞典「動物福祉法案」之制定頒行，獸權大彰到雞犬升天的地步。否則，此君在聽到有人罵人「禽獸」的時候，一定會拍案而起，振臂大呼說：「請你不要目無禽獸！」

我一向不太重視教條格言一類的東西，也很難記住。倒是某人一句嫉惡如仇的話，不經意聽來，居然印象深刻，歷久彌新。「請還禽獸一個清白！」既傳神又俏皮，給我上了怎麼好好做人的一課。

——一九八九年二月二十三日《中華日報》副刊

鞭長莫及

美國俄亥俄州的青少年邁可費(Michael Fay)在新加坡，因用石墨彩筆隨意塗抹，犯了毀損公務罪，被新加坡法院判處有期徒刑四個月及鞭笞六下(最後以鞭打四下結案)。消息傳出後，全美媒體爭相報導，連貴爲一國之君的柯林頓總統，都數度公開請求星國政府高擡貴手，特赦人犯。

媒體爭相報導的動機，是因爲這事件太「匪夷所思」了些。匪夷所思的原因之一是，彈丸之地的小國新加坡，居然捋起老美的虎鬚來，眞是冒天下之大不韙；原因之二是，在時至二十世紀將結束的今天，新加坡居然還保留了笞刑，要在花花太歲青少年邁可費的肉身上，落下四海皆知的鞭痕，這也未免太走樣了。於是乎，媒體爭相報導，也就一下子造成了民眾集體簽名上訴，請求新加坡總統特赦此案的新聞。美國電視網還因此舉辦了正反雙方公開辯論；連邁可小子的父親也說，他堅信其子是無罪的，悔不該當初授意其子坦承作案……。

我願就在美近三十年之親身體驗，一談個人對此案的感覺。

美國是一個把個人主義捧上了天的國家。個人主義自有其好其長，這也是歐美各國近世以來一直爭取的。但是，事應適可而止，過分求之，就可能產生弊端。

比方說，美國小孩在小學，是絕對不能受老師苛責的。倘如在校受到苛責，回家告訴父母，家長便會理直氣壯地到校向校方抗議大鬧，說是子弟受到心理妨礙，人格受到屈辱。中國自古以來的「師道」尊嚴，在此間是一點也沒有的。

老師平時也不能教孩童如何「做人」。如此神聖之職，教堂牧師可以行之，長輩可以理性訴之，但老師只能靠邊站，三緘其口。老師的職責就是傳授知識，捨此無他。老師如果教導孩童怎樣做人，這就構成目無家長、凌辱幼童名聲的罪名。我兒子在小學讀書時，有一次我應老師之邀赴校與之溝通，卽當場目睹一女家長咄咄逼辱一男教員的情事。

因此，隨著孩童的成長，「個人主義」思想便也如氣球般膨脹，把每個個人推送到半天去了。老師平常總是以「眞了不起」、「太棒了」、「眞聰明」、「令人難以置信」等營養說法，把孩童餵得一個個面圓體胖，每個人都認爲自己是「超人」。加之美國的國勢，於是乎老美行遍天下，無不以身爲花旗國民爲榮爲豪。

新加坡法院依法判處邁可小子鞭笞之刑，我認爲並無不是之處；新加坡有新加坡的國格法律，不容老美以大欺小。

煙草聽證，最近在國會變成引人注目大事，看樣子美國的癮君子愈來愈難「飯後一根煙，快樂似神仙」了。但是，美國的煙草業卻把大批煙草行銷海外，這跟當年英國販賣鴉片又有何異？

此間有中國飯店因販賣「臭豆腐」而遭鄰居抗議，終被查封。那美國人吃臭「氣死」(cheese)，怎麼就可以？

一言以蔽之，在合法的理直氣壯情勢下，給老美一點點精神教育，打壓打壓他們趾高氣揚的氣焰，同時示之以不同的文化特色，對他們是好的。這也就是說，不是美國什麼都對，什麼都好。

——一九九四年五月十四日《聯合報》「繽紛」版

向錢看，眼撩亂

最近一個月來，自中國大陸乘船非法偸渡闖入美國境內的中國人，忽然變成了全美移民及邊防問題上的特殊人物，同時構成了全美非法移民的熱門話題。這樣的事端，在美國歷史上自非初有。但是，在經濟不景氣的時期，非法移民的強硬闖關，對美國人而言，也形成了芒刺在背的隱憂了。我在電視上看見那些被捕的穿著良好、年少英挺、前程似錦的「同胞」，一個個毫無羞愧，毫無惶惑，毫無疑懼，居然談笑自若的表情，眞的突然之間寒生脊背，痛苦非常。中國人，自十九世紀中葉一批批被當成「豬仔」運至美國充當苦力勞工，受盡艱辛，慘遭凌辱，直到庚子賠款有爲青年留洋來美，先後慘淡經營；而百年之後，好不容易，前仆後繼地在這塊「樂土」上各層面站立起來了，卻又目睹另一批批的現代人蛇，偸渡私闖，這難道是當年血淚歷史的重演嗎？中國人，在鄉關萬里的異域，忍氣呑聲而力爭上游，經過多少歲月方才建立起來的形象，就這麼輕而易舉地，被新近來自中國大陸的非法移民給砸碎，而被洗滌一盡了。這怎能不令我寒生脊背？

一名花了將近兩萬美元（這絕不是一個小小數目）身價的偸渡客，原屬中國大陸的勞動階級（他哪裏來的那麼多錢？），在被捕後，竟毫無悔憂大聲地說：「我們只想留下來做工，不會妨礙別人的。就算最後被遣返遞解出境，回國之後，我們還會找機會再來。也許我會跟另一大批志同道合的夥伴一齊來。反正是拼鬥，反正是闖蕩，哪裏不一樣？」這種似乎「言之成理」的坦誠，乍聽之下，倒頗能博人同情。於是，我不禁要問：「何以這種大丈夫式的文革氣慨精神，會被這般正値英年的同胞，千里迢迢，義無反顧地，自神州帶到了大海此岸的花旗國呢？難道他們在國內就沒有一席之地可以打拼嗎？」

另外一個被捕的青年替我回答了：「我們白天須躲在艙裏，只有等到晚上，天黑了，才能上來透透氣。」他這樣侃侃而談，對於如此艱困惡劣的行程，竟然有著「甘之如飴」的感受。他繼續訴說：「希望，只要有希望，絕對不會放棄。留在家鄉，沒有權勢，沒有靠山，沒有錢，一輩子就別想出頭。所以，我寧可來碰碰運氣，寧可來硬闖一下。」眞的，於是他們就這麼一聲不響地來了。這大概也就是他們共同的心聲吧！

把「希望」不留在自己熟悉的家園，而遠置在一個全是未知數的異國，這是「希望」嗎？那麼，按照這位青年所說的，如果要把希望留在鄉關故國，就該是「絕望」了。要想回答這樣的問題，如果我們請一位中國大陸政府官員，代表黨國來回答，則一定會說：「我們不是一直說，該把政、經分開來談嗎？不要因爲想多弄錢，就鋌而走險，而把責任推到黨國身上。」可是，我不禁想說，我認爲這正是我們現在應該嚴嚴肅肅地把政、經二者緊密結合在一起的時候了。就是因爲有政治上的堅持，於是在經濟上才罔開一面，放出了一條生路。這不就是中共當局玩的手法嗎？政府大力推動經濟改革，鼓勵全國上下，要大家「向錢看」。這是轉移人民政治視線的障眼術啊！

這些偸渡來美的青年華工，跟乘坐鐵皮船，在公海橫行或千計萬想硬闖臺灣的「義勇軍」，其志頑如堅鋼，凶悍慓強。如果得不到地方幹部張一隻眼閉一隻眼的縱容，試問，在共產黨控制嚴苛，情治深鎖的雙重箝制下，怎麼會成爲「可能」呢？又哪兒來的僥倖？要人相信，那眞是鬼話了。所以，我在前面提到的那位青年，還這樣解釋：「當然，我們在上船以前就知道，這種冒險行動是觸犯美國法律的（他爲什麼不說這也是觸犯中國大陸法律的呢？），但是，我們願意『投資』，花上數萬美金或是貼上從事數年勞苦的代價，只要能夠買得到希望，這就是値得的！」這等的「理直氣壯」，他的「大勇無畏」眞是令人欽敬了。「人往高處爬，水往低處流」，眞的嗎？眞的就是這樣解釋嗎？

兩個月以前，一位來自日本的青年華裔學人告訴了我一件事。他說：日本男人現在有一種所謂的「買新娘」的中國大陸之旅。這些日本男人到了結婚年齡，就成隊結夥去大陸，花點小錢，把如花似玉的太太帶回扶桑三島了。這些中國太太就幫他們持家、生育小孩。因爲像操持這樣的家務，日本女人日本妻子在日本已經打著燈籠難覓了。可憐的中國女人，就在「向錢看」的口號下，一個個荳蔻年華的少女，就背井離鄉、忍氣吞聲，在沒有戰禍的今天，走上了約半世紀前日本侵略亞洲時的「慰安婦」的老路，一大批一大批的跨海而去，怎不令人悲慟。五〇年代，在《東方紅》歌舞劇中，那些英雄人物們握拳、挺胸、昂首，大聲高呼著「中國人民從此站起來了」的景像，就跟電影斷片時的鏡頭一樣，在白色銀幕上，在淚眼前上下閃爍突跳，竟而遽然閃滅了。

再看，最近美國政府爲了是否給與中共「貿易最惠國」待遇的延長，在國會中未期欲杯葛中共的議員人數竟爲數甚多。他們所提出的最大杯葛理由，就是指中共「藐視人權」。我們在電視上看到了中共利用監獄囚犯爲無償勞力，大批製造產品行銷海外賺取外匯的畫面，那麼令人無法忍受的清晰，爲什麼？即使我們拋開「政治」，純自經濟角度來看，這樣的當局因爲「向錢看」的惡劣現實，大概已經在高幹主管們的腦子裏像癌細胞一般蔓延擴散開了。

還有，上個月三十號《紐約時報》在一篇發自北京的報導上說，中共當局正在悄悄調查一件重大的醫療醜聞——一家負責向政府醫院提供皮下注射器的北京紅十字血液中心與河北省一廠家簽訂了一項生產一次注射針頭的合同。一個名叫劉漢生的廠方商人，竟把他家的院子當成了工廠，雇用了二十幾名農民，用低價把收購來的大批使用過原應銷毀的針頭，在汲水泵下沖洗之後，放在院子裏曬乾，最後用印有「中國紅十字會血液中心」字樣的塑膠袋再包裝起來，昧心行銷上市。有人說，針管上有時還可以清晰看到絲絲血跡。這樣的黑市買賣，爲了賺錢，自一九八八年以來，已經長達五年，竟售出了上百萬支的報銷針頭了。

此事事關重大，因爲有數家專門爲外國人治病的中國大陸醫院，在這段時間，都不知用過這種「薄利多銷」的針頭凡幾了。當局不敢聲張，盡量設法掩蓋。官員們起初拒絕對此事作出任何評論。但是，有一些人間接證實了此一醜聞的眞實性。根據知情的醫生們透露，他們注意到在爲病人手術後或輸血之後，感染及出現併發症的比率出奇的高，上達百分之八十。他們當初都大惑不解，不知具體原因何在。這樣的「向錢看」行爲，眞的已經到了令人髮指的地步了。

好了，姑且暫時拋開這些市井大眾一般人民「向錢看」的惡習，讓我們且來看看中國大陸當前「高級知識分子」的情況吧。最近收到在上海重點大學復旦大學外文系執教的豐華瞻先生（知名當代漫畫大師及文學家豐子愷先生的哲嗣）來信。他說：「自美返國數月，感覺

『改革開放』確實引起了很大變化。但報紙只報導好的一面，弟所見其他一面亦不少。上海現有人口一千四百萬以上，公車之擠驚人，卽使專用車亦行駛甚緩。校中求學空氣淡薄，畢業生均不想留校，願到合資單位或他處賺大錢。外文系骨幹教師或出國，或經商，或調離，或病逝，已呈外強中乾之勢。社會上一切均『向錢看』，與五〇年代大異。不少大學已要求學生繳學費，每年二、三千元。好多人的子女已讀不起大學，先父之畫『升學機』，畫一銀元送人上小學中學大學，不想此畫至今尙反映現實，可嘆可嘆。友人欲開刀，人言非送『紅包』不可，此亦以往所無也。弟夫婦二人住郊區，幾乎從不入市，費用有限其一，可以守拙度日，只願身體無恙，卽是大幸。……弟目前帶研究生三人，改論文甚是費事。其中一人寫了兩萬字，且許多英語基礎東西尙時有錯誤，字跡又不清，改正頗費時費力，兄可想見。此種人實不應收爲研究生，但弟也只能費力成全之。」

中共當局若不在政策上「釜底抽薪」，而圖任這種「向錢看」的歪風肆意倡行，上下交征利，弄得人眼花撩亂，則是福是禍，就很難解說了。

——一九九三年六月二十五日《中華日報》副刊

環境問題

一位朋友上月回大陸江蘇探親，去了南京及揚州兩地，歸來大嘆當地人民如今「向錢看」之歪風及因陋就簡之惡習。

他說，到揚州，瘦西湖的風景再好，也遮擋不住他對某些親眼目睹的景觀的搖頭嘆息。

他於是寫了紀實打油長詩一首，茲特引用內中數句以見一斑：

天下為公好情操，觀景處處要鈔票；
凡事通關煙一包，你有門路我有招；
吃喝水準尚稱好，拉撒藝術難領教；
抽水馬桶真難找，有坑無門尿一泡；
閣下如往小城跑，擔心馬桶找不到。

有關「拉撒藝術」一節，願爲贅文析述。大陸公廁欠缺，卽使某些地方設有，也都髒穢難以呼吸下腳。吾友「抽水馬桶眞難找」便係實情。抽水馬桶求之不得，蹲坑亦可，只要衛生便罷。可是，吾友所去之「公廁」，原始得僅在空地上挖掘一坑，無遮無攔。極目四下，凡遠近屋舍、汽車行人、牲畜飛禽，盡入眼底。其環境空氣之清新朗暢，其縱慾恣意之紓解宜人，莫可匹擬倫比。他說在「祖國」不意竟享受到了如此這般的個人自由。這樣的「公廁」乃爲其歷生僅見。「有坑無門尿一泡」，此之謂也。

十二年前，我與友人走訪大陸。在四川重慶，吾友於晚間逛街時也有相似經驗。話說吾友內急，遍尋公廁不得。旣離賓館，著實令陪同十分尷尬，但問能稍事容忍否，卽可趕返賓館。吾友稱告十萬火急，陪同人員只好斂眉肅容，拉著客人左曲右拐、穿街貫巷，來到一處空曠之地，漆黑一片。吾友稱，直如瞎子摸象，臨淵履薄，在一片滑膩之中全憑「意識」就地解決。

幼小時候正値抗戰，在後方都城稍僻之處，不論大人小孩，常見有人當街解褲方便者。面壁而溺，目瞪著牆上「凡軍民人等不得在此小便」公安標語，歪脖呻哦嘻笑啐地，大大方方完成「已溺人溺」的救世精神感召。上面所說的公安標語，因無標點符號，有好事飽學之士居然提筆彷彿讀古書時加以句讀一般，竟標之爲：「凡軍民人，等不得，在此小便。」於是可以從容不迫、理直氣壯地享受個人主義了。

當年中國同胞身在城鎮，除了隨地小解之外，還有「隨地吐痰」的相等惡習。此習到了八〇年代初期，我於一九八一年訪問大陸時，仍親見目睹。

在南京的一次，眞令我目瞪口呆、驚魂難定。話說一日我與友人晚飯之後逛街。因我在南京住過，難免引起物是人非之情。既爲走訪，一磚一石、一步一履皆有感情也。

當我們行至一街角時，晚風清涼，行人甚少。我正擬爲吾友講說當年金陵舊事之時，突然聽得「咔呸」一聲，一口黃橙橙、黏漣漣的濃痰，彷彿百步穿楊之箭，自後方斜刺裏劃空而至。說時遲，那時快，端端正正擦身而過，落在我腳前。

「十步之內，必有芳草」。回頭本能探望，但見牆邊一中年男士呈小販模樣者，兩臂交抱胸前，虎視眈眈，向我們怒視。眼見別無他人鬼跡，這口黃痰定非天女散花，必出此人恩賜莫疑了。方欲上前勸告，而不期對方先開了尊口，惡聲曰：「看什麼？沒見過嗎？吐在你身上了嗎？」嗚呼！必吐在我身方可看視斥責乎？

又有一次，在西安，我們遊「興慶公園」。在憑弔了華清池之後，至公園一遊。時有數名中學生模樣的青年，坐在沈香亭畔的橋欄上，口嗑瓜子，隨地吐棄。我們要去沈香亭，勢須接受他們的夾道嗑瓜子儀仗隊歡迎。經過時，我的身上確實中了瓜子皮彩。

十年之後，九〇年代的北京，妻於去年五月首訪大陸，參觀「十三陵」時，竟仍有「痰的夢魘」。伊隨人潮降至地下，燈光不明，壁間裝設了鐵欄，欄下數呎低窪處滿是痰跡鋪蓋，令伊頓時目眩欲嘔。

便溺吐痰二事，前者於我一九八一年訪神州時幸未再見，想來是「知恥近乎勇」，尤其在文化大革命喚醒民族魂時給革掉了。而後者，遒勁之力道，歷久不衰。仔細思來，約有二端可以申述。

其一，是中國人對「公」的認識問題。我們見過客人在主人家隨地吐痰的情事嗎？從前家有痰盂，現在有手帕衛生紙，即使忍不住了欲淸喉嚨也都井然有序的。那爲什麼一到了公眾場合就可以目無一切地放肆一快呢？國罵三字經，在家中也很不易聽聞，但一到了公眾場合，甚至議會殿堂之上，彼此詞窮氣結，都會脫口而出。這跟當眾奮力吐痰是沒有什麼兩樣的。

其二，是這種忽略環境整潔的問題爲什麼多發生在城市中？鄉村野道，除了肺癆三期的人或傷風感冒的人，會臨風提吐以紓喉滯之外，大概健全之人中，只有巴嗒煙桿或「淡巴菰」的癮君子才會先吸而後吐了。那麼，在城市也只有那些中產階級，受過教育但沒受得全好的知識分子，才會「明知故犯」，才會有此有恃無恐的大勇。

中國俗語說「半瓶醋」，因爲只有半瓶的醋才會晃盪。飽學之士是不容易「破相」的，他們「守口如瓶」。黔首黎民也不易隨地隨時張口，因爲他們多半知難而退。你看，當著「不得隨意拋棄什物，違者罰金×××元」字樣的標示，口出三字經國罵而拋扔的，不正是那些受過教育而沒受好的國民嗎？

所以，要解決大陸的環境問題，我們非得先從中產階級中的殘破知識分子著手不可。倘如把他們「保」住了，他們就不會隨地亂竄，造成嚴重的環保問題了。

——一九九三年七月二十三日《聯合報》「繽紛」版

單靠一隻燕子，春天是不來的

住在上海的豐陳寶大姊（豐子愷先生的長女）寄給我兩張子愷先生的書法。都不大，一呎略長，八吋略寬。一張上寫了日本社會主義者片上伸的句子「單靠一隻燕子，春天是不來的」數字，款題「一九四九年冬豐子愷書」。

一九四九年是中共政權開國的那年，而子愷先生就在立國該年十一月六日寫了這幅字，其意義是深長的。這十二字的中文句，大概不是片上伸先生原句，而係子愷先生手譯。不管怎樣，在新中國成立的那年年尾，子愷先生便借用了鄰邦社會主義者名人的句子，正表示出了他對肇創新中國的共產黨及領導人毛澤東，提出了嚴正的警告。那意思也即是說：一黨專政是不會帶給中國任何前景的，而毛氏的獨夫政治，就更其可怕了。

子愷先生是一位立足於中國本位文化的文人藝術家，他的新思想及舊文化的造詣是極爲深厚的。我們從他早時的文章及漫畫中，都可感受看出其強烈的愛國愛民之心，及陽光普照的對中國本土文化的敬思與贊頌。子愷先生實在是一位深入淺出的文學家和藝術家。再加上他禮佛的虔心，使得他對中國人民文化的關愛達到了銘心的程度。子愷先生的文與畫，都是用輕描淡寫的筆法出之的。他的作品予人一種咀嚼橄欖的甘甜，淡淡的口覺中透出了陣陣清心繞舌的苦澀感，久久不去。

我自幼小時便喜讀喜看子愷先生的作品。長大之後，親身經受過了戰亂及社會的不平，更對子愷先生淡泊的人生觀及強炙的親和感起敬。我尤其喜歡看他長髯飄飄的諄善面貌，給我深深的慕意。單靠一隻燕子，春天是不來的。太對了，子愷先生在那樣的時代，全國上下一片癡狂的飆風橫掃之下，語重心長、發人深省的道出了一位愛國知識分子的良心，太彌足珍貴了。這樣的事，一般的愛國愛民有廣大深染力量的人都不會（或明知而不為）輕易對得勝的政治人物面奏申說的，大約也不願意去捋虎鬚，大約也缺少膽識。但子愷先生全然不予考慮。他這種「雖千萬人而吾往矣」的精神實在值得感佩。這樣的知識分子眞是大無畏的英雄。他的愛心是共日月的，不是矯情的虛偽的濫施。

很明顯的，中國在毛氏之後的強人鄧氏將去之前，已經在在彰顯了一個「強人」時代的結束。我們在一九九四年開春的今天，在春風裏，靜靜的延頸觀看剪盡春光的呢喃燕群的飛翔！一九九四年的春天！

——一九九四年三月十日《中華日報》副刊

美國人失去信念了嗎？

美國學者說：「時下我們是被悲觀主義及自私自利的行爲觀念所支配。」此話聽來未免令人覺得不著邊際。不過，如果我們稍稍回顧一下歷史，不必說遠了，就拿十年前吉米・卡特當總統的時期來說，那時他就預言：「美國精神」面臨危機了。他的警語，對他個人身爲盟國老大哥的總統地位而言，在政治上可謂「一場糊塗」；然而，廣義而言，就美國社會及知識界的領導來說，卡特先生的讖語眞是不幸言中了。

而且，更不幸的是，學者們認爲十年後的今天，情形比當初更糟糕。最近幾個月來，上自退位的哈佛大學校長及剛被任命接掌麻省理工學院的校長，下至自左派到右派的社會觀察家，都一致承認，美國人民對將來喪失了信心，這已經變成了美國全國的通病。查理士・魏斯特（Charles Vest），這位剛接任麻省理工學院校長的人就說：「我們國家大部分的人對於『日新月異』已經不存有任何熱情了。」是的，美國自本世紀七〇年代以來，已進入一種玩世不恭、憤世嫉俗的沒有精神可言的狀態。

哈佛大學校長迪瑞克・波苛(Derek Bok)先生，在其新著《大學與美國的未來》一書中就開宗明義地指出：「我們擁有連自己都不願承認的證據，顯示著在過去這幾十年中，我們賴以休戚相關的道德模式正在解體。」

而根據波士頓大學唐納・堪塔先生的調查，百分之四十三的美國人——大半是二十四歲以下的青年人——堅信自私和捏造的伎倆是人性的兩大本能。接受調查的絕大多數人認為，多半的人在金錢萬能的觀念下，作出關懷別人的姿態比他們實際所可能作出的多得多。他們罔顧道德標準，製造謊言。堪特先生又說：「這種現象正在增加。是否會進一步激增，或是否會因我們的沈思與注意而以別種現象取代，則不可預知。」

這位市場學教授進一步稱，這種公然的憤世嫉俗態度，相對的是由於共同群體彼此的行為墮落所造成。

社會學權威萊斯門教授說：「今天，我們總是不斷提醒自己，任何事都會出差錯，都會變成問題。因此我們對未來很難存有希望。我們的隱憂非常深重，這在對政治人物的厭惡中、對傳播媒體及對政府課稅的深惡痛絕中都表現了出來。」

麻省理工學院的名語言學家諾姆・杭士基教授(Noam Chomsky)說，在經濟大蕭條的不景氣時期，他家住在貧民窟，而且家中無人工作掙錢。「但是，那時大家都對明天抱持樂觀，都滿懷希望，而這在今日已經大異其趣了。那時大家抱持的『明天會更好』的想法今天已經感覺不到了。」

跟堪塔先生一樣，杭士基在當時年輕人身上看見曙光，也在工作大眾身上找到希望。可是在今天，原先的那種憧憬已經變色了。「我們的許多信念都是虛幻不實的，而都市能提供給年輕人的服務簡直完全不足——雖然我對自己童年的記憶抱持相信的態度並不滿意——斯時的貧民窟與今日我們見到的知曉的貧民窟眞是不可同日而語。今天的都市簡直令人不堪居住，而且囿在這樣的都市中的住民，簡直就跟住在集中營一樣，這跟經濟大蕭條時期的情況太不一樣了。」

杭士基說，今天與三○年代經濟大蕭條時期相較，最大的不同在於當時有一種所謂的工作階層的團結一致共同意識。而在今天，這種意識已被「個人」所取代，於是導生一種毫無希望的意識。他說：「這種現象並非偶然。自二次世界大戰以來，一種喧囂的力量——原子時代的個人主義社會，就把當初的工作階層意識徹底擊毀。」

除了前述大多美國人民對他人及群體共同生活喪失了信念的說法之外，社會人士及知識界代表都表示，他們發現美國人對國家發生信念危機的事尚可在下述方面看出：

㈠越來越多的人深信，國家的一般制度（包括學校及公共機構）已經對於目前國家的問題無能為力。

㈡美國人的一般態度較之經濟大蕭條時期更為消極。

㈢相當多的美國人確信，自私自利及造假作風乃人性與生俱來的東西，無法改變。

這樣說來，美國是不是身在強勢國家而逐漸喪失其富有的優勢呢？根據杭士基先生的看法是：「雖如此，美國仍是當今盟國中的世界強權。」這就是說，雖然美國生活的架構已逐漸在傾斜，但美國人相信，他們的生活實際上已經太過於受政治影響了。舉國有一種越來越強大的浪潮，那就是人民對於教育制度及機構的篤信越來越少，過去人民對此是深信不疑的，而現在他們不會認為必定如此了。

在此，我僅提出兩項我個人在來美二十五年中每日經驗感覺的小事，來做為對美國學者這種「憂國意識」的小注腳。一則就是，二十五年前，每當我在十字路口黃燈亮起而裹足不前時，兩邊急駛的車輛便都於此時按兵不動，俟我先行。有時在我身旁的車主還笑臉盈盈用手勢恭請我先行。可是，今天，如果我在黃燈時拔腿，輕則有車主對我怒目而視，重則有人對我伸中指，口沫橫飛地囂罵，狂按喇叭，更重者會猛踩油門，自我身旁擦身而過，而且車主還會以勝利的姿態搖開車窗，用粗話對我說：「老小子，你沒長眼睛嗎？」

另一個例子也與駕車有關。我所執教的大學——史丹福大學，是全國有名的學府。我每天開車到校，在尋找停車位時，二十年前，只要有學生駕車或別的老師也在找停車位時，都會對我微笑、禮讓。現在則不同了。兩年前，有一次下雨，我按時到校上課，居然找到一個被旁邊斜泊車輛壓了一角的車位，正在打方向盤準備停入時，對面駛來一輛學生開的紅色跑車，一頭鑽進了停車位去。我搖開車窗，向對方說這是甲種停車處，學生不可停泊。對方居然走近我車旁，笑嘻嘻地說：「老子有錢，如果被抓著罰錢就認了。如果沒有，那就算你倒楣。」

美國人真的變了嗎？

——一九九〇年九月十八日《中華日報》副刊

黑色的自覺

幾個月以前，美國總統喬治・布希提名華盛頓特區法官克里爾・湯瑪仕出任聯邦政府最高法院大法官，就在他的任命案經國會山莊的議員們行使同意權之前，發生了一件舉世震驚的事件：湯瑪仕從前的下屬，現今任奧克拉荷馬州立大學法學院教授的安妮塔・奚爾斯女士，舉證控告湯氏當年（十年前）曾對她「性騷擾」。參院因而在民主黨與共和黨火併力爭的形勢下成立了聽證調查小組，做出了全國史無前例的電視公開轉播聽證。有趣的是，這次控告湯氏的人，不是黑白種族尖銳衝突下的白人，而是一位同種的黑人未婚高級知識分子，這就不能不在全國，甚至於全世界造成轟動，而餘波蕩漾了。

奚爾斯女士控告湯瑪仕法官的案子，雖云終經參院聽證小組作成決定，以「證據不足」批駁敗訴；但是，此案卻對黑人自覺運動問題，提出了一個嶄新的深遠的課題方向：究竟湯瑪仕氏是因爲自認非關本身膚色問題而獲勝，抑是因爲奚爾斯女士堅認湯氏爲一「黑人」，竟以白人慣用醜化黑人的方法及字眼控告湯氏，自己因爲叛離攻擊另一名同種的族人，而終告失敗？「什麼才叫『黑人』？」「黑人的定義究竟是什麼？」這些個問題，尖銳的似藏在水底的大冰山，露出更多的體積來了。

「膚色」，這在美國一直被認爲區別一個人「非白卽黑」，從未被質疑的條件，如今竟因奚爾斯女士控告湯瑪仕先生的案子而變成可被質疑了。換句話說，在九○年代，我們要認定一個人是否算是「黑人」，其認定條件在於下列數項：你的膚色是否屬黑？你怎麼用語言來表達自己？更其重要的是，你說什麼？你怎麼生活？

自擾攘喧譁的六○年代多事之秋以來，這種極其尖銳敏感的話題，在純屬黑人以外的社區場合，鮮爲人提起。但是，也正因如此，越來越變成舉國公開談論、書刊專著方面常常提及的題目了。「黑是什麼？誰是黑人？誰不是黑人？」等問題以及「眼花撩亂的學校」(School Daze)、「嚴格的行業」(Strictly Business)等暴露黑人問題，含有尖銳譏諷性的電影，都探討了這些令人芒刺在背的題目。

芝加哥市德堡大學(Depaul University)的心理學教授兼種族問題顧問羅德理克瓦茲先生就說：「我們認爲在人種意義上所謂『黑』的問題，包涵了許多心理學方面及文化方面正確的涵義。除了膚色以外，在生活方式、價值觀以及宗教信仰諸方面，更有可以被認爲在人種問題上慣稱之爲『黑』的某些重要因素。」許多黑人對於大家指認某人是否屬「黑」的問題，是基於某人是否有保守的觀念及已與白種女人通婚的事實來斷定的方法，表示出了質疑的態度。

在六〇年代，人們以非「種族」的條件，來確定某人爲「黑人」的事實，於「黑人民權運動」期間，極爲廣泛存在。從此以後，迄至目前，人們對於是否屬「黑」的問題，每多依某人是否具有戰鬥精神，及其婚姻配偶是否黑人，甚至某人之穿著方面及膚色是否有明顯黑人特徵而來加以斷定。

班尼泰・波特，四十歲，這位曾寫過一本對於黑人種族內存在著偏見的小說《膚色衝擊》的作者說：「連在今天，當我行經阿波羅戲院（在紐約）的時候，儘管我雖看似白人而實係黑人，儘管我幾乎整日穿著十英尺長短的非洲裝，這樣的裝束在黑人民權運動期間是完全被認可的，但人們（黑人）卻總是以令人心寒的目光來看我，他們的態度神祕兮兮，帶著懷疑，不相信我是黑人。連我親口告訴他們我是黑人時，他們也不會改變對我的態度。」她說：「讓他們區別我的長像與言談眞是難如登天。我說破了嘴也於事無補。」

有的黑人持以論斷某人是否屬黑的標準相當任性而漫無規則。比方說，黑人青少年有時竟用「假牌白人」（Acting White）的惡毒說法，來形容某些他們同族中在學業上執著、好用標準正統英語、好鑽圖書館的同輩黑人青少年。在麻州大學猶太文化系執教的宙里阿斯・萊斯特（Julius Lester）教授說：「由於生而爲黑人的事實，使得某些黑人憤而採取『社會性的法西斯主義』的態度，在過去的這二十年中，基本上如此。」萊斯特氏曾被記者電話訪問，詢以「對於詹姆士・包德溫、傑西・賈克遜（Jesse Jackson，著名美國黑人宗教政治家），你是否認爲自己屬於『反黑人的黑人』，而覺得『黑』的思想感情上的程度很難掌握」時，他說：「我曾經參與過黑人民權運動，但我並未用『反白』來凸顯自己的『黑』，因此，我當然現在也不會用因我是黑人的事實來凸顯我的『黑』。」

在美國，種族問題自黑奴時代以來就長久困擾著黑人。某人只要因爲身上流著一滴黑人的血液，卽被目爲「黑人」。時至今日，界定是否屬黑的努力，與許多隸屬黑人的黑人目爲取決是否屬黑的內在壓力，使得上述的種族問題更其戲劇化了。

但是，儘管事實如此，學術界及心理醫學界的人，目前正在從事研究，企圖尋找出更具現實的理論，來取代過去用以界定種族識別問題的觀點。

種族識別的理論的認定及發展，應該上溯到一九七八年康奈爾大學的心理學教授威廉・克羅斯（William Cross）氏的說法。克羅斯教授認爲，種族識別經由四個階段：在第一階段，「個人」具有否認自己隸屬某一種族（黑人）的努力；在第二階段，某種經驗對於某人「反黑」態度構成挑釁；在第三階段中，個人卽設法解決此項衝突，期能作出努力，以尋求自己在文化傳承方面的平衡；到了第四階段，黑人設想自己肯定卽爲黑人的事實，從而漸然接受黑白雙重文化的事實。

住在芝加哥一位名叫丹普西・圖拉維斯的房地產商人，認爲所謂「黑」，就是一種心理狀態，具有此種心境的人，行爲勝過語言。凡不能掌握得恰如其分的黑人，卽會發現他們受到環境的排斥及譏嘲。圖拉維斯氏也曾坐在電視機前靜觀參議院爲湯瑪仕法官所做的聽證電視傳播。他說，在他的眼中，原告與被告雙方就是一個「人」，而無關他倆是黑人的事實；「我所見的，是一名黑人女士與一名黑皮膚的白人的互控。」

此種石破天驚的說法，使得《洛杉磯時報》的伊達巴里・那茵(Itabali Njeri)非常困惑。他說：「人類學上認爲是美洲族裔的非洲原屬實質(The substance of African Americans identity)，在理念和識別上是完全不同的兩碼事。我們不能認爲湯瑪仕氏有在理念上不承認自己是黑人的說法，卽認爲湯氏在生理上不屬於黑人。這種文化上的差異，是任何人不能拋棄不顧的。」

生活方式亦可算是一種可資區別的因素。在種族隔離後期，某些黑人曾向上流移動而勉強夠格使這些人自貧困、教育水準低落、住家不整的黑人群中分離出來了。全錄(Xerox)公司的都市及高等教育部門的業務經理格里格・華生就說：「有一椿事非常令人爲難，那就是社會上存在一種看法，受過良好教育的黑人，如果爲了可被白人『接受』，他們就得毫無保留的放棄一切原屬『黑人』的東西。比方說，假如一個黑人原來是籃球健將，那他今番就得成爲高爾夫球高手不可。」

一位住在克里夫蘭的四十二歲女士奧莉維亞說：「這眞是太敏感了。我開賓士汽車，住的地方百分之九十都是白人，而這些左鄰右舍的白人都是上流社會人物，基本上他們也僅止限跟白人交往。但是，爲公益起見，我爲黑人工作，我曾捐款給『黑人大學基金』（Negro College Fund），每年感恩節也都周濟無家可歸的黑人。但是，就有黑人朋友對我說，我完全跟他們不一樣──非我族類，就因爲我的生活跟他們太不一樣了。這對我簡直是一大譏諷。不過我並未爭辯，因爲在我內心，我知道自己是一個不折不扣的黑人。」有這種矛盾看法的黑人人數不斷增加。但是，這種人有一種苦惱，他們不知道自己究竟隸屬「白人」抑或仍屬「黑人」。此種憂慮，在美國電視公司製作的單元劇《內戰》(*Civil War*)中，被鞭辟入裏地表現了出來。

這是描述一對離婚的夫婦爭取小孩的監護權的故事。父親是黑人，他要爭取他們的混血兒子（母親是白人），因爲兒子的膚色與自己一樣。不但如此，由於兒子的生活環境是身處紐約幾乎清一色的白人社區，兒子缺少一個可以認同自己血統的父親，所以他決心要爭取兒子，俾讓兒子的生活平順恬靜。但是，兒子的母親卻說，兒子屬於她。再說，兒子已有一個可愛的家了。

在舊金山一家專門標榜異族通婚的公司的負責人卡洛斯・費南迪斯先生，對此卽表示道：「這對夫婦完全搞錯了。他們這種具有破壞性、完全背道而馳的態度全盤大錯。他們認爲彼此不能長相廝守確保婚姻是因爲他們的種族背景，那完全錯了。」這家公司正在著手進行一項「國際通婚」的民意調查。出人意表的，是某些接受調查測驗的黑人認爲，熱衷於此的黑人就是爲了要清楚的洗脫自己身上「黑人」的烙印污點。

《洛杉磯時報》的那芮先生說：「接受民族的多樣性變化，是我們今日生存所無從逃避的事實。」此君去年便在主持一項關於此問題的講座，主題是「什麼是『黑』？誰屬『黑』？誰不屬『黑』？」這也已經變成了黑人新聞從業員全國性組織年會的主題了。

以上是取材自近期《紐約時報》所刊的一篇題名爲〈有非洲血統的美國人對於『黑』的定義的再定〉文章而成的。我的主要目的，是想對臺灣一批搞「獨臺」運動人士的心理狀態及行爲有所說明。這批自己的先祖來自中華神州，而竟矢口否認自己是「中國人」、只自認是「臺灣人」的人士，他們很不幸地要以「獨臺」來排斥自己原本就屬於「中國」的屬性。

上述伊達巴里・那芮氏所言：「人類學上認爲是美洲族裔的非洲原屬實質，在理念和識別上是完全不同的兩碼子事。我們不能認爲湯瑪仕氏有在理念上不承認自己是黑人的說法，卽認爲湯氏在生理上不屬黑人。這種文化上的差異，是任何人不能拋棄不顧的。」我們據此來衡量某些專持「獨臺」論調的人的心理狀態，正好發現他們在理念上不承認自己是「中國人」，卽否認自己在文化上甚至生理上不是「中國人」的說法，完全是不合邏輯的。

我不否認，我自己在臺灣初入大學的時候（民國四十二年），「外省人」的文化優越感，在某些外省人的身上的確可以聞出些味道來。比方說，大二那年，我的宿舍十人一室，其中僅有一位籍隸臺灣的同學，室中居然有人對這位本省同學以「假土人」呼之。用「土人」泛指籍隸臺灣的本省人，已經明顯表示出文化自大狂來，再用「假」來修飾，那就更足以表示惡毒的意味了。妙的是，這位被呼爲「假土人」的同學，一直是我的好友，他的國語說得比許多說國語時南腔北調、支離破碎的「外省」同學好太多太多了。大學畢業後，受完預官軍訓，我的這位朋友負笈赴美深造，榮獲博士學位。此後一直在大學任教，成了頗負盛名的大牌教授。他在臺灣的學界與政界，都是頗有知名度的。

相反的，當年喚他爲「假土人」的仁兄，如今身在何方則已無復知道了。這位被呼爲「假土人」的朋友，我最佩服的一點，是他有磊磊落落瀟灑自如的器度，一些也不「雞肚猴腸」，對於外界對他的態度，一笑置之。他有正確的自知，比起時下一大批身受良好大學教育的有志之士，一味數典忘祖，一味要把自己的「中國」背景來悉數拋掉，一味要以「獨臺」的莫名其妙的歪理把自己自絕於「中國」之外，那就顯得大大高明了。當年我入大學時，還聽高班的學長們說，他們在入學測驗時，「國文」一科的分數，都因爲籍屬臺灣而得到了加分的實惠。如果按照時下這批狂狷的獨臺人士的褊狹觀念，那豈不成了政府「侮辱」臺籍同學的藉口了麼？

心理學上有一種所謂「取而代之」的說法，拿中國歷史上的政治來說，凡是受到專制壓迫統治的人，其中就有一心一意在「革命」，只求事成，便可大大報仇的人。中國俗諺說：「小媳婦熬成婆」，正是如此。俱往矣！過去的都過去了，不要再自囿於過去不幸的漩渦中。讀書明理，不要反被「讀書」所害，而不幸被書上的知識把自己眼睛貼上了封條。

——一九九二年四月一日《中央日報》「海外」副刊

投影

年輕時候讀徐志摩的詩〈偶然〉：「我是天空裏的一片雲，偶爾投影在你的波心。」曾被那瀟灑蘊藉的語言帶到漾漾的心湖，漂盪，漂盪，漂向無極。

但是，歲月如流。人過中年，尤其是棲遲天涯，再聽到由張清芳唱出的悠柔歌聲時，卻不禁有了人生另一歷程中輕輕帶著的喟然。從早年歌聲詩句著重的愛情的單純信仰，一下子轉化成對於故國文化人物山川的一種感懷與夢的飄香了。

當年徐志摩與陸小曼之間悱惻動人的濃蜜情意，在徐志摩空難傳來時譜下了未完成交響曲無盡幽怨的休止符，綿延悽牽，令人鼻酸惋嘆。而今，休止符雖已畫下，但幽怨的聲調卻越漸昇騰，自私愛的範疇中拔起，穿雲射日，追向無窮的蒼穹去。

最近有兩樁事，讓我不斷思念起徐志摩這首題爲〈偶然〉的詩來。當然，已近花甲，少時的那種情愛早已不再，只是不幸稍有一點「身世」的感受。

其一是這兩天看了報紙上發自莫斯科關於猶太人移民以色列的特別報導。大標題是：「對某些自俄羅斯移民以色列的猶太人來說，以國可能並非他們認爲的樂土。」子題爲：「他們陸續回歸俄羅斯，由於長期失業，當年的綺麗幻想破滅了。」配合這篇專文報導的，是一張有九個人在移民船泊入以色列的海法港時，俯身甲板倚欄下望驚恐不可預測的凝重表情的照片。沒有一個人有「重做自由猶太人」的亢奮歡悅的笑容。這九個人是四百五十名從烏克蘭乘船於去年十二月抵達以色列的猶太人中的一小部分。猶太移民（自俄國移出）人數，從一九九〇年的二十萬人，已經降到次年的十六萬七千人，而且既抵以國復又紛紛離去的許多猶太人還不在此數。

據報導說，每月將近數百人自以國離去的原因——爲何他們到了夢寐以求的樂土故園以色列，而竟悽然歸去——除了俄羅斯共產帝國土崩瓦潰的間接原因外，更直接的是由於以色列的經濟情況不佳。當地居民對於新移民的同宗兄弟姊妹產生了恐懼，於是千方百計地排擠這些尋夢而來自遠方的同胞。這些猶太子民，遠離俄羅斯，就是因爲忍夠了當地排猶的一切。而未期在夢寐的故國，竟然被流著與自己身上相同血液的同胞燃起的新反猶火焰，給燎得遍體鱗傷了。俄羅斯共產帝國解體、自由主義的重現，至少亦構成了這些尋夢而去的猶太人重回冰國的外因。

「一個人活著，並不能一無問題的。」一位叫做瑪莎的女士，最近剛自以色列歸來，便曾這樣說。她不願意吐露眞名，但她說，這並非意味她懼怕俄羅斯的反猶氣氛，而實係因對以色列欠款而不得已如此。以色列駐蘇大使館的發言人約瑟夫·本杜爾說，每月大約有一半中請移民以色列的人，實際上已去過以色列了。四十三歲的尼古拉·依凡諾夫，他就是去年剛自莫斯科去了以色列，但如今卻已重歸莫京。他說：「成千上萬的人仍然想去。但是，那邊的誘惑已經全然不存了。」依凡諾夫原任公職，但離開俄羅斯完全基於經濟原因，而如今歸去來，仍是因爲經濟問題。因爲在以色列，他的工作及居住都成了大問題。他說：「我一直以爲在那邊會很好，我並不想回來。但是，我是不得已回來了。」他說，當他去了以色列一年重返莫斯科時，當地的經濟惡化情形令他怵目驚心，「簡直做夢也料不到會如此。」而瑪莎，這位當年心存人權運動，同情這項舉措的女士，帶著她十幾歲大的女兒，爲了逃避在俄羅斯遭到的反猶脅迫，去了以色列。結果，卻又失望而返。跟許許多多前去以色列的猶太人一樣，她是一個不相信任何宗教的自由分子。但是，以色列狹隘的宗教觀念卻令她灰心沮喪，頹然折返了。她說：「以色列有的是遍地價廉物美的食物。但是，一切都是水深火熱。地方色彩的褊狹主義，使得一個知識分子難以自由呼吸。」所以，像瑪莎這樣一位在莫斯科電影界工作的人，在以色列當下女打工三月，掙了路費，於是打道回府了。目前雖然她仍與前夫合租一間小公寓，也仍然為牛奶麵包每日生計打點，但她覺得比在以色列強過多多。

約瑟夫・本杜爾說：「在以色列人浮於事已非過甚其詞。許多人回來，就因為不願意在那邊靠以色列政府發放的社會救濟金來生活。」的確，百分之六十的新移民在以色列失業。未來五年中，大約此數的百分之三十還會遠走高飛。儘管當初成千上萬俄羅斯的猶太人心嚮自由自在的生活而插翅飛去，如今卻似倦鳥自以色列還巢了。

除了猶太人的情形外，這兩天的電視節目還有一項發生在日本的「新狀況」。猶太人似飄泊的中國人，長期離鄉，四海為家。代代相傳的民族感，使他們產生了「羈鳥戀舊林，池魚思故淵」的情懷。日本呢？這中國東海之外的海怪，領受過中國的精神文明，卻又驕氣沖天一口東來想把中國吞掉。如今他們的經濟是世界冠軍，舉國上下都浸在富足長安的氣氛中。卻在精神上，感受到傳統家庭生活的變型之苦了。電視上說，日本現在有一個新興行業，就是對於許許多多上了年紀的「祖字輩」老夫老妻，因為缺少了子女繞膝盡孝，因而無法含飴弄孫的爺爺奶奶們，提供一項確保天倫的服務。服務內容是：出租少年（或中年）夫妻，攜家帶小，返里跟爺爺奶奶（公公婆婆）歡度幾天的三代同堂之樂。電視上說，到了公元兩千零五十年，日本的老年人口當爲舉世之冠。我看了電視中懷抱著與自己毫無血緣關係的孫兒孫女的老人，那種「有子不論親」的滿足欣樂的表情眞是震動不已。

日本人與猶太人的情況雖異，卻無須長途跋涉背井離鄉，去尋找一份種在血緣中的「文化親情」。但是他們那種個人親情深似海的直覺，卻被現代生活的軌跡切下了一條深深的罅隙。而中國人呢？既是歷史上非常重視親情血緣關係，又戀鄉土的民族，因此，他們背負的包袱，似較猶太人與日本人更沈重更久遠了。他們像是天空裏的一片雲，一片烏黑的雲，要在四沈的浩瀚蒼穹下去展現天光；風狂雨驟急，怕是不容易的了。他們背井離鄉，卻仍然保留著母國文化的因子，要爲自己個人的家庭支建起一個「中國」的架構，永遠自認是「華僑」。

「我是天空裏的一片雲，偶爾投影在你的波心。」有時午夜夢迴，這兩句徐志摩的詩句便會似一朵浮雲，冉冉飄來，又輕輕逸去。它是投影波心嗎？我不知道。在人生短暫的軌跡中，一切的發生似有源頭，卻又總向前追尋。看似偶然，卻又永恆。一年前，喻麗淸畫了不少幀蘭花；有一次驅車過峽去海灣的雲霧居訪唐氏伉儷，她要我濡筆題畫。我記得曾在一張淡紫色的蘭花圖上題了「三分俠氣，一點素心」八字，這大約也就是我身在海外偶然感到的一點「投影」的心聲吧！

——一九九二年四月五日美國《世界日報》副刊

紐約的鼠患

1

據近日《紐約時報》稱，該市各公園內老鼠號以百萬計，已經構成嚴重災患了。公園署天然資源小組組長馬克・邁特席爾說，老鼠踰越磚牆一似爬登樓梯，牠們自五層高的樓上摔下時皮毛無損，在水中泅游半英里易如反掌，踩水而行可長達三日夜，蠕扭穿越四分之一尋的洞穴毫不費力，在每平方英寸承受兩萬四千磅巨大壓力的下水道管溝中，老鼠可以憑藉其利齒如鑿邊噬邊行。總之，一對挪威鼠輩，一年之中就可以生育鼠子鼠孫成千上萬。

據公園署的官員說，中央公園的「鼠口」目前已經登峯造極。主要原因是去年該市採用的保持生態完整潔淨方案——按照市區特性所實施的用飼養的貓頭鷹來捕殺老鼠的計劃，取代了毒殺老鼠的方式。據邁特席爾說：「飼養的貓頭鷹放置在紙匣中，悉數被盜，致使鼠輩猖獗，稱心如意。」此君感慨系之地說：「這種老鼠是億萬後生的種。趕盡殺絕，談何容易！」

目前，公園署已經正式成立了一個捕鼠特組，據該組行動組副組長威廉德頓稱，這就跟掃蕩耽於毒品的特區一樣，在策略上與緝毒小組的作業是一致的：「捕鼠隊將在某一特定區滲透作戰，兩周以後捲土重來，志在永除鼠輩頑敵。」

在中央公園的西南入口處，紅白二色的告示牌已經豎起，告示遊人此處業已「下毒」了。何以「下毒」，是因爲在公園午餐的人太多，這些仁兄仁姊堅信留點「餘糧」給松鼠及飛鴿享受乃義不容辭之事。但，殊不知拋越石牆灌木叢角下的半根熱狗，在附近的「廣場飯店」大旅館前，卽發生一分鐘之內召來四隻挪威鼠的情事。威廉德頓氣惱地說：「大家夥都認爲這般作爲乃一善舉。」去年他就裝做一位施捨的人，丟下一包五十磅的飛鴿飼料，證明此物頗能召來一大堆的老鼠，眞是未可預卜。

邁特席爾說，所下的「毒」，是防止血液凝結，致使老鼠在吃下之後七至十日因內出血而送命。此藥摻混於糕餅中，拋在老鼠慣常出沒的途徑。一般說，於春秋兩季，停止撒放施用毒藥，因爲大批的老鷹及猛禽類飛鳥前來，生怕牠們會吃了死老鼠而中毒。但是，雖如此，一批保守分子去年夏天還是阻止了警方的用藥措施。這些人所持的最大理由是：這項

「貓頭鷹計劃」將毫無疑問導致老鼠的大量減少。此君憶稱：「去年夏天過了一大半，某日我接到公園署署長大人的電話，說是一隻老鼠跳上了一輛嬰兒推車，署長大人問我這是怎麼回事。此後，我們才又開始下毒。」

「其實，」此君追溯繼稱：「即使把貓頭鷹用盒子裝了放在公園裏，即使沒有人偷盜這些捕老鼠的貓頭鷹，警方的這項行動計劃也行不通了。因爲，每晚一組六隻貓頭鷹才能各抓三隻老鼠而已。」他還說：「這些老鼠敢作敢爲，眞是都市大患。」

紐約市警局衛生大隊副隊長杜普瑞說，以他在該局二十年的捕鼠經驗，才發明了一種勉爲其難可以剋制鼠敵的方法。

「挪威鼠之所以倖存，令我們知道這些傢伙有多難對付，多難肅清了。牠們的本事實在高強，委實具有『置之死地而後生』的本能。能爬、能潛水，任何一個洞，不管有多硬，只要頭一鑽進去，就能一曲一伸蠕動前行，彷彿是一根可以噬鑿的軟骨一樣。」此君感慨系之地說：「在紐約市，鼠與人的比率是一對一，也就是說，老鼠與人各占一半，乃是因爲牠們有適者生存的本領。」

鼠與人的比率是一對一，大抵不僅紐約市如此，世界各通都大邑恐怕都這樣。問題是，在一半的「人」中，「鼠輩」、「鼠子」究有多少？這一部分的人口比例越大，則治安肯定越糟。人鼠交患，就無了時。

2

東西方用實物象徵人事的，古往今來，不可謂不多。英國歷史上的獅心李察，中國水滸英雄豹子頭林沖，大概都可以說是以猛獸狀喻其人的「山大王」色彩。然則，除此之外，中西有一大不相同處，就是中國人每以動物來比喻人類的一些「等而下之」的作爲勾當或情性。這種「負面」意義，西方大抵是沒有的，那就不能不說中國人閱人閱事的深入了。比方說，「鯨吞」、「餓虎撲羊」、「狼吞虎嚥」、「狗仗人勢」、「貓哭老鼠」、「尖嘴猴腮」、「驢唇不對馬嘴」、「馬不知臉長」、「狼狽爲奸」、「猴急」、「雀噪」……等都是。在羅賓漢《俠隱記》中可以看見獅心王李察的威儀，但是，「河東獅吼」的圖畫，則只有中國繡像小說中才見。我們說「狐疑」、「狐臭」，而不僅用「臭」、用「疑」來形容人，正是對於狐狸觀察入微的結果。知之彌深，對於動物的情性及行爲有了深入的了解；而西方在這一方面，就大不如中國了。

「鼠子」、「鼠輩」、「賊眉鼠眼」、「鼠膽」、「抱頭鼠竄」等說法，更是把老鼠的習性動作觀察到了一定的精準程度後才言之鑿鑿的。中國的這類輕詈詆斥之辭，好壞不論，倒是頗爲傳神達意。試想，在老鼠世界，大家齜牙咧嘴，在暗處蠢動欲啃噬一快，及見苗頭不對，身歷險境，使個眼色而賊逃。這般的描寫，用之於暗中搗亂、盜竊破壞的人們，眞是不作他想。這樣的鼠輩，可以通稱之爲「細人」或「小人」。對付他們，中國警方的辦法便是「雷厲風行」、「千里追踪」，就因爲先觀察到他們是「難養」、「近之則不遜，遠之則怨」。

不僅如此，在遠古的《詩經》時代，中國的老百姓便用鼠爲喻來描繪貴族階級的荒淫無恥、不守禮法的行徑（如〈鄘風・相鼠〉篇）及佃農對於地主殘酷剝削的指控（如〈魏風・碩鼠〉篇），恐怕就不是西方文學可以望其項背的了。可是，話說回來，我們的「民本」精神確是一直不伸，這跟西方「務實」精神一比較，就難免令人有「少做閒話半句多」的感慨了。

——一九九〇年七月十二日美國《世界日報》副刊

奔向月球

法新社發自日本東京的一則消息：「日本葬儀社最近提出大膽的改革計劃，以對抗迅速老化的人口和日漸稀少的可用之地，包括在月球上建造墳場的計劃。」

爲了解決陽世和陰世的人——活人和死者——競爭有限的土地，而竟有把兩個世界的人處在不同的星球的構想。這大概是只有在二十世紀的今天才會有的現象。初看起來，不免寒生脊背；再次考慮，爲了地球上綿延的後代人口，似乎這樣的舉措又是無法避免的了。

報導上說，位於北久宿城的葬儀社陽光公司堅信，他們擬造的一個蛋形月球骨灰塔的計劃，十年之內便可完成，可放至少一萬人的骨灰。

該公司的一位發言人說：「由於許多日本人都住在距離祖墳很遠的地方，因此，在月亮上建造墳場再好不過，我們每天晚上舉頭望明月，都會想到親人。」此話不無道理。

地球上光怪陸離的事，一直層出不窮。不但古人從來想像不到，我們又何嘗可以預期？

職是之故，日本陽光公司的構想，我們不要認爲這只是個「在日本年營業額達三兆圓（折合美元兩百四十億）的事業」，認爲這只是純生意眼。其實，從實用及環保意識角度來看，這未嘗不是一項高明的想法。大家都說日本人會做生意，從這一點來看，倒是的確不差。

陽光公司在日本擁有兩百五十家分公司，今年便已承辦過全日本六千八百次的葬禮。該公司主事人懇切希望能夠借用甚或租賃（大約兩千四百萬到四千萬美元）一具美國製造的火箭，帶著骨灰塔的建材，發射登陸月球。他們說，他們正積極著手申請專利。

該公司目前已經接到數百通詢問電話。

據聞，月球墳場的收費預定爲四百萬日圓（三萬兩千五百二十美元左右），其中包括家人到月球掃墓的權利。

近年來，日本的葬禮已經變得益發精緻。比方說，在大阪市曾出現過的葬禮內容，便包含了雷射光束、煙霧噴放及合成音樂。這些當然都是反傳統的。事實上，這項葬禮已經突破一般日本人的死亡禁忌，大大遠離了世代父系社會習俗中，後人勢必葬在家庭中的傳統。

所謂「傳統」，並非一成不變。現代化就是傳統與現代互爲整體延續的一項明證。今日之現代，明天便成了傳統。我們固然有強烈淳厚的文化感和歷史感，但是，我們的生活及環境勢須昂首明天，一味生活在過去中，是行不通的。生活是生命的延續，我們一定得前瞻，才能看見日出，才能有遠景。

中國古訓說：「父母在不遠遊。」今天不但觀光事業配合科技猛進，已經把地球五大洲縮小了，發生在地球上自然及人爲的一舉一動，我們都可以肉眼親見。

這在唐宋時代想像得到嗎？「千里江陵一日還」，李太白唱出了這樣的詩歌，只是意氣風發的胸襟慨嘆，事實上千里江陵，是不可能一日還的。

現在呢？休提千里江陵，像東西方之間，不到一日的功夫就朝發夕至了。

留學移民蔚爲風氣，誰會再用「父母在不遠遊」的古訓來教示予人？

我所稍微感到一點忐忑不安的是，自古以來，文學帶給我們想像的空靈，大概都被時代的飛躍、科學的突奔，毀壞殆盡了。

千百年後，如果我們的後代要追究文化大革命的歷史，屆時考古工作不僅在中國大陸，還得乘坐火箭到月球或其他的星球，去發掘探索。

考古考到不同的星球上，除了壯觀驚嘆可以描寫我們的感情以外，還有某些情感，大約都不是我們現在可以預爲設想知道的。「但願人長久，千里共嬋娟。」蘇東坡可能已經顯靈，高高站在月球之上，等著迎接第一位登上月球的中華兒女，緊緊拉握著對方的手臂仰天長嘯曰：「壯哉！起舞弄清影，何似在人間！」

閉上眼，我想像著一幕幕在月球上與蘇東坡相見歡，繼而淚潸潸的景象——蘇東坡風吹仙袂飄飄舉，握住我的手：

「莊因老弟，我的那闋〈水調歌頭〉，你可以把它燒掉了。我的〈赤壁賦〉你也不必再戀了。我眞不知你是否仍有回到地球去的興致？卽使你走了，回到地球去了，是否仍有旅遊中國長江的雅興呢？唉！你看，月球上什麼都沒有，連個鬼都看不到。瓊樓玉宇，高處不勝寒？你所看得見的，只是美國人尼爾阿姆斯壯的大腳印啊！我們過去的詩詞歌賦都不需要了！拋掉吧！這樣你不會再有痛苦。」

我想像自己又搭上自月球回航地球的定期火箭，與蘇學士握別。

就在那時候，我忽然瞥見漢高祖劉邦站在一個土丘上，高舉兩臂，嘯嘷：「大風起兮雲飛揚！」一轉眼，我又看見了袁子才先生，捋鬚拭目，用顫抖的音調，自喉部擠壓出悲涼的聲音：「朔風野大，阿兄歸矣！」

突然之間，一具自地球直達月球的火箭就在此時著陸。一群洋人高唱著重金屬歌曲，大聲狂笑著衝出火箭門口，手揮著美國國旗、法國國旗、英國國旗、德國國旗……在月球上衝刺奔跑……

——一九九三年一月二日《聯合報》「繽紛」版

三民叢刊書目

①邁向已開發國家　孫　震著
②經濟發展啓示錄　于宗先著
③中國文學講話　王更生著
④紅樓夢新解　潘重規著
⑤紅樓夢新辨　潘重規著
⑥自由與權威　周陽山著
⑦勇往直前
・傳播經營札記　石永貴著
⑧細微的一炷香　劉紹銘著
⑨文與情　琦　君著
⑩在我們的時代　周志文著
⑪中央社的故事（上）
・民國二十一年至六十一年　周培敬著
⑫中央社的故事（下）
・民國二十一年至六十一年　周培敬著
⑬梭羅與中國　陳長房著
⑭時代邊緣之聲　龔鵬程著
⑮紅學六十年　潘重規著
⑯解咒與立法　勞思光著
⑰對不起，借過一下　水　晶著
⑱解體分裂的年代　楊　渡著
⑲德國在那裏？（政治、經濟）
・聯邦德國四十年　郭恆鈺　許琳菲等著
⑳德國在那裏？（文化、統一）
・聯邦德國四十年　郭恆鈺　許琳菲等著
㉑浮生九四
・雪林回憶錄　蘇雪林著
㉒海天集　莊信正著
㉓日本式心靈
・文化與社會散論　李永熾著

㉔臺灣文學風貌　李瑞騰著
㉕干儛集　黃翰荻著
㉖作家與作品　謝冰瑩著
㉗冰瑩書信　謝冰瑩著
㉘冰瑩遊記　謝冰瑩著
㉙冰瑩憶往　謝冰瑩著
㉚冰瑩懷舊　謝冰瑩著
㉛與世界文壇對話　鄭樹森著
㉜捉狂下的興嘆　南方朔著
㉝猶記風吹水上鱗
・錢穆與現代中國學術　余英時著
㉞形象與言語
・西方現代藝術評論文集　李明明著
㉟紅學論集　潘重規著
㊱憂鬱與狂熱　孫瑋芒著
㊲黃昏過客　沙究著
㊳帶詩蹺課去　徐望雲著
㊴走出銅像國　龔鵬程著
㊵伴我半世紀的那把琴　鄧昌國著
㊶深層思考與思考深層　劉必榮著
・轉型期國際政治的觀察
㊷瞬間　周志文著
㊸兩岸迷宮遊戲　楊渡著
㊹德國問題與歐洲秩序　彭滂沱著
㊺文學關懷　李瑞騰著
㊻未能忘情　劉紹銘著
㊼發展路上艱難多　孫震著
㊽胡適叢論　周質平著
㊾水與水神
・中國的民俗與人文　王孝廉著
㊿由英雄的人到人的泯滅
・法國當代文學論集　金恆杰著
51 重商主義的窘境　賴建誠著
52 中國文化與現代變遷　余英時著
53 橡溪雜拾　思果著

⑧⑤訪草（第一卷）

陳冠學 著

本書是作者於田園生活中所見所感之作，內有田園畫，有家居圖，有專寫田園聲光、哲理的卷軸。喜愛大自然田園清新景象的讀者，將可從中獲得一份未曾預期的驚喜與滿足；另有一小部分有關人性與人生哲理的文字，則會句句印入您的心底。

⑧⑥藍色的斷想

·孤獨者隨想錄

A·B·C全卷

陳冠學 著

本書是作者暫離大自然和田園，帶著深沉的憂鬱面對人世之作。一路上你將有許多領略與感觸，時或有天光爆破的驚喜；但多數時候，你的心頭將披著一襲輕愁，甚或覆著一領悲情。這是悲觀哲學，卻是被熱情、關心與希望融化了的悲觀哲學。

⑧⑦追不回的永恆

彭歌 著

本書是《聯合報》副刊上「三三草」專欄的結集。作者以其犀利的筆鋒，對種種社會現象痛下針砭，冀望這些警世的短文，能如暮鼓晨鐘般，在這變亂紛乘的時代，起著振聾發聵的作用。

⑧⑧紫水晶戒指

小民 著

俗世間的珍寶，有謂璀燦的鑽石碧玉，有謂顯榮的列鼎封侯。其實生活就是人生最美的寶物，不假外求。非常喜愛紫色的小民女士，以她一貫親切、自然的文筆，輯選出這本小品，好比美麗的紫色禮物，要獻給愛好文學也愛好生活的您。

⑧⑨心路的嬉逐

劉延湘 著

本書筆調清新幽默，論理深刻而又能落實於生活踐履。走一趟作者精心安排的「心路」之旅，您將莞爾一笑，心情頓時開朗。而您也將發現，原以爲只是一條山間小路，結果卻是風景優美，鳥語花香的舒坦大道。

⑨⓪情書外一章

韓秀 著

情與愛是人類謳歌不盡的永恆主題，它爲空虛貧乏的現代生活加添了無數的色彩。本書記錄下了作者在日常生活中感受到的親情、愛情、友情及故園情，在書中點滴的情感交流裏，在這些溫馨的文字中，我們是否也能試著尋回一些早已失去的東西。

⑨①情到深處

簡宛 著

本書是作者旅美二十五年後的第二十五本結集。身爲一個教育家，作者以其溫婉親切的筆調，寫出篇篇充滿溫情的佳構，不惟感動人心，亦復激勵人性。將愛、生活與學習確實的體驗，眞正感受到人生的有情，生命也因此生意盎然。

⑨②父女對話

陳冠學 著

一位老父與五歲幼女徜徉在山林之間，山林蓊鬱，山泉甘冽，這裏自有一份孤獨的甘美。本書是記述作者父女在人世僻靜的一個角落，過著遺世獨立生活的文字畫。舉世滔滔，這應是一面明鏡，堪供讀者對照。

⑨陳冲前傳

嚴歌苓 著

在好萊塢市場，多少人一夜成名直步青雲，又有多少人一朝雲中跌落從此絕跡銀海。身爲一個中國人，陳冲是經過多少的奮鬪與波折，身爲一個聰慧多感的女子，她又是經過多少的心路激盪，才能處於這洶湧波滔中。本書將爲您娓娓道出陳冲的故事。

⑨面壁笑人類

祖慰 著

本書是有「怪味小說派」之稱的大陸作家祖慰，在巴黎面壁五年悟得的佳構。他的散文神遊八荒，情貫萬里，將理性的思惟和非理性的激情雜揉一起。讀其作品既能吸收大量的科普知識，又可汲取其飄逸文風的美感享受。

⑨不老的詩心

夏鐵肩 著

夏先生一生從事文化工作，大半心力都用在鼓勵培植有潛能的青年人，助他們走上文學貢獻之路。而他本身亦創作出不少的長短佳文。本書收錄計有：詩詞小品、散文、方塊評論等。作者一顆不老的詩心，洋溢在篇篇佳構中。

⑨雲霧之國

合山究 著

使中國風土之特殊性獨具一格的，與其說是天地的廣大，不如說是因塵埃、雲煙等而爲之朦朦朧朧的自然空間吧！精氣、神仙、老莊、龍、山水畫、奇書等，其產生是有如何玄妙的根源啊！就以「雲霧」爲起點，讓我們一起走進這美麗幻夢般的世界。

⑰北京城不是一天造成的

喜樂 著

打從距今七百五十多年前開始，北京城走進歷史的繁華紛亂。現在，且輕輕走進史册中尋常百姓的那頁，一盞清茶、幾盤小點，看純中國的挿畫、尋純中國的足跡。由博學多聞的喜樂先生做嚮導，就讓你我在古意盎然中，細聆歲月的故事。

⑱兩城憶往

楊孔鑫 著

霧裡的倫敦、浪漫的巴黎，除此之外，這兩城你可還留有其他印象。本書是作者派駐歐洲新聞工作二十多年的記錄。透過作者敏銳的筆觸，且讓讀者徜徉在花都、霧城的政經社會、文化藝術、風土人情以及歷史背景中。

⑲詩情與俠骨

莊因 著

一顆明慧的善心與眞摯的情感，經過俠骨詩情的鑄煉，將生活上的人情世事，轉化爲最優美動人的文句，呈現出自然明朗灑脫的風格。文學對於作者而言，不僅是興趣，更是他的生命，但他不泥古而創新，在其文章中俯首可拾古典與現代的完美融合。

⑳文化脈動

張錯 著

「我是一個文化悲觀者，因爲我個人一直堅持某種希臘式的古典禮範，而這種文學或文化古典禮範，已日漸有如夫子當年春秋戰國的禮崩樂壞。」作者就是以這顆悲憫的心，用詩人敏銳的筆觸，深刻而熱切的批判著臺灣的文化怪象。

⑩① 桑樹下

繆天華 著

本書是作者在斗室外桑樹蔭的綠窗下寫就的小品散文。作者試圖在記憶的深處，尋回那些感人甚深的、發人深省的，或者趣味濃郁的人文逸事，不惟激勵讀者高遠的志趣，亦能遠離消沉、絕望的深淵。

⑩② 牛頓來訪

石家興 著

本書爲作者三十多年來從事科學工作的心情寫照，包括思想、報導、論述、親情、遊記等等。文中處處流露出作者對科學的執著與熱愛，及超越科學之外的人文情懷，篇篇清新雋永，理中含情，情中有理，爲科學與文學的結合，作了一番完美的見證。

⑩③ 深情回眸

鮑曉暉 著

作者生長在一個顚沛流離的時代，雖然歷經千辛萬苦，但行文於字裏行間，卻不見怨天尤人；有的只是對以往和艱苦環境奮鬥的懷念及對現今生活的珍惜，以及世間人事物的觀照及關懷。做爲一本懷舊之作，或是清新的生活小品，本書皆爲上乘之作。

⑩④ 新詩補給站

渡也 著

你寫過新詩嗎？你知道如何寫一首具有詩味的新詩？本書是由甫獲得「創世紀四十周年創作獎」的詩人兼詩評論家渡也先生，深入而精闢的剖析一首新詩的形成過程，指導初學者從如何造簡單句到如何寫出一首詩，是一本值得新詩愛好者注意的書。

⑩⑤鳳凰遊

李元洛　著

一生從事古典與現代詩論研究的大陸學者李元洛先生，如何在放下嚴肅的評論之筆，轉而用詩人細膩的筆觸，摹寫山水大地的記行，以及人生轉蓬的寄悵，書中句句是箴語、處處有眞情，值得您細品。

⑩⑥文學人語

高大鵬　著

忙碌的社會分散了人們的注意力、淡化了人們對身旁人事物的感情，任由冷漠充塡在你我四周……而本書的作者以感性的筆觸，表達了自己對身旁人事物的眞心關懷，以平實的文字與讀者分享所遇所感，無疑是給每個冷漠的心靈甘霖般的滋潤。

⑩⑦養狗政治學

鄭赤琰　著

身處地理、政治環境特殊的香港，作者藉由動物的百態來反諷社會上種種光怪陸離的政治現象，在其輕鬆幽默的筆調背後，同時亦蘊含了嚴肅的意義。這一則則的政治寓言，讀之不僅令人莞爾一笑，更具有發人深省的作用，批判中帶有著深切的期盼。

⑩⑧烟　塵

姜　穆　著

作者是一位出生於貴州的苗族人，卻意外的捲入戰爭。在臺娶妻生子後，所抒發對戰亂、種族及親人的眞誠關懷。內容深沈、筆觸淸新，充分顯露在生活的烈焰煎熬下，早已視一切如浮雲，淡泊名利，將其一生的激越昂揚盡付千里烟塵中。

⑩河宴

鍾怡雯 著

人間繁華的請柬處處，不如赴一場難得的野宴。聽一回水的演奏、看一場山的表演，再來細細品味鍾怡雯為您端出來的山野豐盛清淡的饗宴——極盡可口的綠、十分道地的藍，以及不加調味料的白。

⑩滬上春秋

章念馳 著

章太炎，這位中國近代史上的思想家、政治家，曾因領導戊戌變法失敗而流亡海外。他雖是浙江餘姚人，卻有大半輩子的歲月是在上海度過。本書是由章太炎的嫡孫章念馳先生，從家族的口述和史料中，完整的敍述章太炎的這段滬上春秋。

⑪愛廬談心事

黃永武 著

每個人心中都有一枝彩筆，然而在趕遠路、忙上班的歲月裏，枕頭上的日升月降中，像拋來擲去的跳丸，彩筆就這樣褪去了顏色……本書作者在辭去沈重的教職和繁雜的行政工作後，重拾心中的彩筆，為您宣說一篇篇的文學心事。

⑫吹不散的人影

高大鵬 著

時代替換的快速，不知替換了多少人生舞臺上出現刹那的面孔；而人類，偏又是最健忘的族群。本書中所收錄的文章，均是作者用客觀的筆，為曾替人類社會或文化默默辛勤耕耘的「園丁」們，做最眞實的文字記錄。

⑬草鞋權貴

嚴歌苓 著

曾經叱吒風雲的老將軍，是程家大院的最高權威，九個承繼他刁鑽聰明的兒女，則個個心懷鬼胎……一個來自鄉下的伶俐女孩，被命運的安排，走入這權貴世家。威權的代溝、情份的激盪、所有內心的驕傲與傷痛，這會是怎樣的衝突，怎樣的一生？

⑭是我們改變了世界

張放 著

從事文學藝術的工作者是「人類靈魂的工程師」。如果作家不能提高廣大讀者的精神生活品質，而僅爲娛樂人心、滿足人們的好奇和刺激，那麼與馬戲團的小丑或兜售春藥的小販何異？故而作者不禁要問：是我們改變了世界，還是世界改變了我和你？

⑮夢裡有隻小小船

夏小舟 著

日本人參加婚禮愛穿黑色、日本料理味輕單調、日本人性格分ABCD、還有情書居然可以賣……於日本敎書的大陸作家夏小舟，在本書除了告訴你作者旅日的見聞趣事外，也且隨她乘坐那夢裡的小小船，航行向那魂縈夢遷的故國灣港中。

國立中央圖書館出版品預行編目資料

詩情與俠骨／莊因著. --初版. --臺北
市：三民，民84
面；　公分. --(三民叢刊;99)
ISBN 957-14-2207-X (平裝)

855　　　　8400252

© 詩　情　與　俠　骨

著作人　莊　因
發行人　劉振强
著作財產權人　三民書局股份有限公司
臺北市復興北路三八六號
發行所　三民書局股份有限公司
地　址／臺北市復興北路三八六號
郵　撥／〇〇〇九九九八——五號
印刷所　三民書局股份有限公司
門市部　復北店／臺北市復興北路三八六號
重南店／臺北市重慶南路一段六十一號
初　版　中華民國八十四年二月
編　號　S 85296
基本定價　叁元柒角捌分
行政院新聞局登記證局版臺業字第〇二〇〇號

ISBN 957-14-2207-X (平裝)

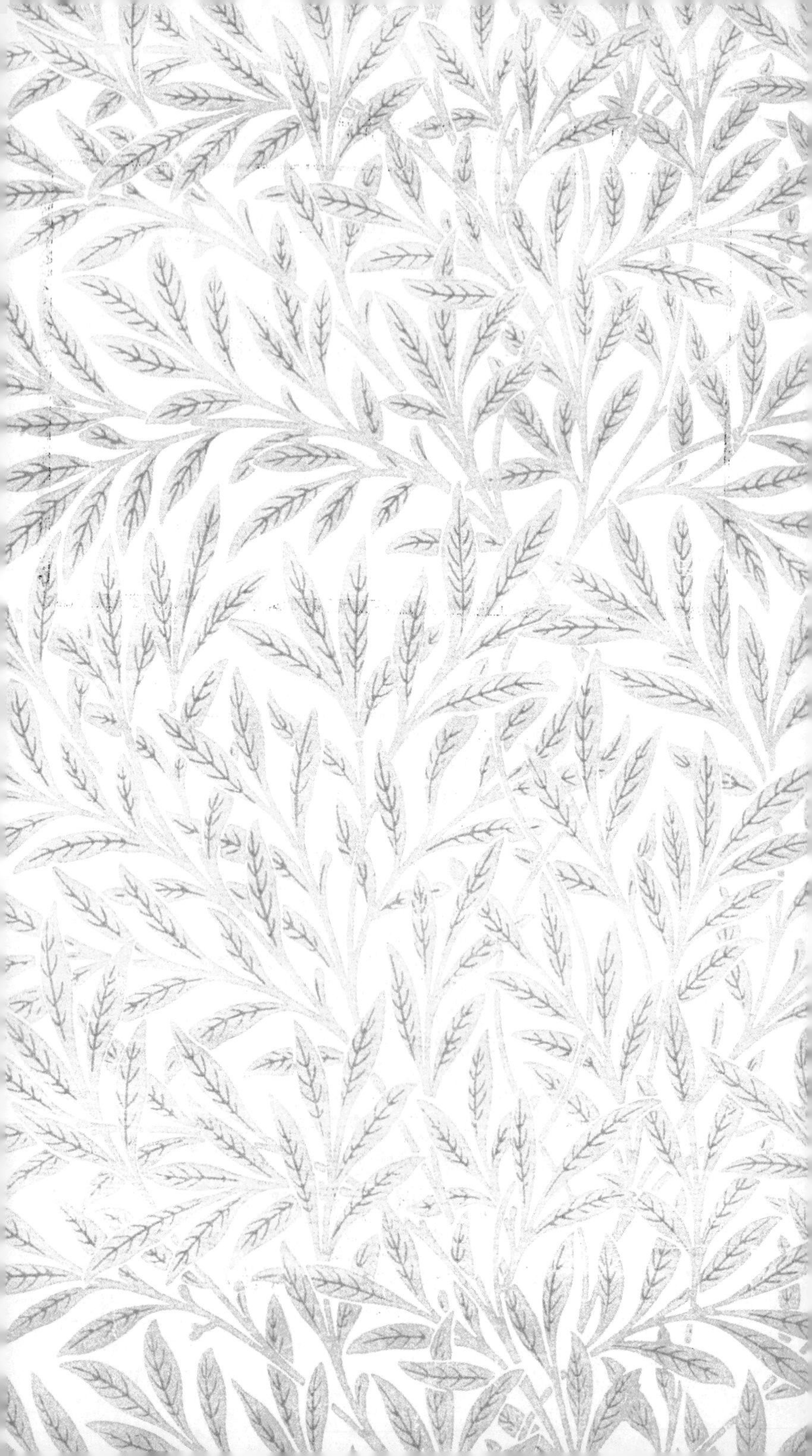